IN MANIBUS MORTIS
&
OUTRAS HISTÓRIAS

CARLOS FREDERICO

Primeira edição

ISBN 978-1-926716-80-0

Um registo de catálogo CIP para este livro está disponível na Library and Archives Canada, Library of Congress dos E.U.A e/ou na Biblioteca Nacional de Portugal.

EDITORA NTN

ECCE LIBER

IN MANIBUS MORTIS

&

OUTRAS HISTÓRIAS

Dedico este livro à minha tertúlia do café Amêndoa Doce, em Braga, que, pela manhã, com palavras de amizade e sabedoria, enquanto tomo o pequeno-almoço, me dá coragem e ânimo para enfrentar o dia-a-dia.

CONTEÚDO

INTRODUÇÃO

SÃO QUATRO HISTÓRIAS, estas que reuni neste livro que, apesar de terem sido escritas em momentos diferentes, partilham a mesma característica: são histórias que imergem no reino do sobrenatural. Todos nós somos, de uma ou de outra forma, fascinados pelo sobrenatural. Ainda me lembro quando o filme *O Exorcista*, baseado num livro de William Blatty e realizado por William Friedkin, estreou em Portugal, com os cinemas a abarrotar em todo o lado onde fosse projetado, com uma ambulância à porta do cinema, de prevenção, para os mais sensíveis de coração. A estreia aconteceu nos anos setenta do século vinte, teria eu uns nove ou dez anos. Nessa altura, os filmes de terror eram classificados para maiores de dezoito anos, havendo frequentemente um porteiro no cinema que nos barrava a entrada e pedia a identificação, se duvidasse da nossa idade. Os meus pais assistiram a essa estreia, eu só uns anos mais tarde.

Na minha aldeia natal, as superstições e a prática de sessões espíritas para solucionar problemas de saúde mental e física eram uma constante e não havia família que não tivesse consultado, pelo menos uma vez na vida, um ou uma médium para comunicar com os espíritos que os atormentavam. Essas crenças ainda são, um pouco por todo lado, muito populares no mundo inteiro. Veja-se, por exemplo, nos canais de TV por cabo, as séries norte-americanas *Destination Fear* e *The Dead*

Files, só para mencionar algumas.

A primeira história que vos apresento, nesta edição, é a que dá nome ao livro: *In Manibus Mortis*. É uma efabulação da minha estadia no Hospital de São Marcos, em Braga, onde estive internado, de dezembro de 2008 a março de 2009, em virtude de ter sofrido um AVC hemorrágico, que me deixou uma limitação motora severa no lado esquerdo do meu corpo, na ordem dos oitenta por cento. Porque está o nome em latim? Porque o capelão do hospital, na altura, me terá dito, numa visita que fez à enfermaria onde me encontrava acamado, "ó meu amigo, você esteve na noite passada literalmente *in manibus mortis*[1], mas graças à sua fé e vontade de viver, conseguiu vencer a Morte!"

Há factos reais misturados com fantasia nesta história, mas não vou revelar quais são uns ou outros. Um escritor é como um confessor: tudo fica entre ele e o Criador.

A segunda história, *Tu não és a minha mãe*, é baseada num acontecimento real, contado pela mãe de uma criança a quem, nos primeiros exames feitos durante a sua gravidez, lhe terá sido dito que a criança iria nascer com malformações graves e que o melhor seria abortar, quanto mais cedo melhor. A mulher, desesperada, falou com alguém da família, a quem ela chamava *guia de luz*, que lhe assegurou que a criança iria nascer perfeita. Dividida entre o que os médicos lhe dizem e o que a sua amiga vidente e o seu próprio subconsciente creem, ela decide levar a gravidez até ao fim. A criança nasce, de facto, perfeita, para grande surpresa dos médicos que a acompanharam. Por volta dos três anos de idade, a criança declara que se lembra de uma outra mãe e de uma outra casa, num outro lugar e chega a

_____

1 Nas mãos da morte.

afirmar-lhe, à frente de várias testemunhas, "tu não és a minha mãe!" Esta história fez-me lembrar um episódio que aconteceu comigo, teria eu uns dois ou três anos de idade, quando me apareceram uns altos na testa, exatamente onde esta termina e onde começa a parte do crânio coberta de cabelo. Andava muito fraco, a definhar, dia após dia, e, aflita, a minha mãe levou-me ao hospital. O médico que a atendeu acabou por indicar que eu precisaria de uma intervenção cirúrgica para remover estes, acho que lhes chamou *quistos*, ou não teria grande chance de sobreviver.

A minha mãe, angustiada como ficaria qualquer mãe perante a perspetiva de perder um filho, falou com uma prima que lhe aconselhou uma consulta com um médium a quem chamavam *irmão Didi*, a respeito do qual construí uma personagem deste conto, e este convenceu a minha mãe de que, se a cirurgia fosse efetuada, eu já não acordaria dela. A minha progenitora assinou, então, um auto de responsabilidade e acabei por não ser submetido a essa intervenção médica. Uma série de sessões com o irmão Didi (lembro-me bem, no escritório da casa: luzes apagadas, persianas corridas, uma vela em cima da secretária, o médium sentado à secretária em transe e eu, a minha mãe e a minha avó de frente para ele) fizeram, misteriosamente, desaparecer os meus altos na testa. Nunca mais vi o irmão Didi depois disso, mas lembro-me de este me ter vaticinado, numa das sessões e enquanto folheava um livro com gravuras do interior do corpo humano, provavelmente um compêndio de anatomia, que eu iria ser notável, quando fosse crescido, possivelmente professor ou escritor. Parece que essa profecia, de certo modo, se concretizou. Quanto à notabilidade, tenho as minhas reservas…

O terceiro conto, *Caso Singular*, é uma história quase policial, composta por testemunhos prestados a um inspetor da polícia judiciária e gira à volta de uma lenda sobre uma fonte dedicada à deusa galaica Nabia, convertida, posteriormente, em santuário de uma suposta divindade referida como Tongoenabiago, cujo significado corresponde a "deus do rio pelo qual se jura" e que hoje é conhecido por Fonte do Ídolo, monumento nacional que encontramos na Rua do Raio, aqui na cidade de Braga, onde resido. O passado romano da cidade é uma fonte de inspiração que, provavelmente, me fará escrever outras histórias no futuro, passadas na Bracara Augusta.

Este livro termina com o conto, *A Reforma*, e a ação decorre numa localidade raiana da Beira Alta com o nome de Almofala e onde, curiosamente, podemos encontrar, nos campos adjacentes, as ruínas de um templo romano (estão a ver esta minha fixação pela Ibéria romana), dedicado a Júpiter.

A temática dos diamantes vindos do reino da Lunda, de Angola, e a gastronomia portuguesa misturam-se nesta história de mistério luso-africano. A personagem principal é um escritor famoso, cansado da vida mundana em que a fama o mergulhara e que procura no isolamento do interior do país a serenidade para os anos que ainda lhe faltam viver.

Por último, gostaria de agradecer aos meus amigos e colegas que me encorajaram a procurar editar estas histórias relativamente curtas e com os quais revi os textos, corrigindo lapsos e melhorando a escrita, algo para o qual é vantajoso ter mais do que um par de olhos. Quero destacar, de entre os que apreciaram estes contos antes da sua publicação, estes meus queridos amigos: António M. Oliveira, escritor e professor do ensino superior, o engenheiro Eduardo Leon, o meu maior fã, e os meus colegas de profissão da Escola Artística do Conservatório de Música Calouste Gulbenkian de Braga, professores Alice Gradíssimo, Manuel Pereira e Fernando Costa. Bem hajam todos pela disponibilidade demonstrada e pelo encorajamento, essencial para que eu desse o passo seguinte.

— *O Autor*

IN MANIBUS MORTIS

Isto de alguém se recomeçar assim depois de nulo é algo que deslumbra e ultrapassa.

— José Cardoso Pires

"Tente agarrar a minha mão", pede ela. Como às vezes tenho a ilusão de estar movimentando os dedos, concentro a minha energia para esmagar-lhe as falanges, mas nada se mexe [...]
— "O Escafandro e a Borboleta", Jean-Dominique Bauby

I

"COITADO… um homem ainda tão novo e sem se poder mexer…", pensava a jovem enfermeira estagiária, Isabel era o seu nome, enquanto a equipa de médicos examinava, numa velha cama de hospital, o paciente entrado de véspera no serviço de Neurologia, um professor que sofrera um acidente vascular cerebral hemorrágico e que lutara contra a morte, durante toda essa noite. Os sinais vitais pareciam agora estabilizados e o intenso derrame sanguíneo, no hemisfério direito do seu cérebro, estava aparentemente controlado. O professor tinha despertado de um coma, onde estivera mergulhado durante praticamente vinte e quatro horas e começava a comunicar, completamente confuso, com aquelas pessoas vestidas de bata branca, algumas com estetoscópio ao pescoço, que lhe levantavam o braço esquerdo e lhe abriam a mão esquerda, que teimava em se fechar, não obedecendo à sua vontade, como se não lhe pertencesse. Aliás, todo o lado esquerdo do seu corpo parecia desligado da sua vontade. Uma outra bata branca, aos pés da cama, picava-lhe a sola do pé esquerdo com a ponta de uma esferográfica e ele nem se apercebia disso…

De que se lembrava ele? Chamava-se João, isso lembrava-se ele e, também, que tinha prometido ao filho, o Eduardo, que iria ao parque desportivo, nesse sábado de manhã, com ele e com o Afonso, o seu filho mais novo, para correrem atrás da bola e suarem, durante uma horita, para depois tomarem um banho relaxante e iniciarem, assim, um fim de semana que os

3

meteorologistas previam de sol, apesar de se estar em dezembro. Espera aí… mas que dia era *hoje*, afinal? Os acontecimentos do dia pareciam-lhe tão distantes…

Articulou com alguma dificuldade a pergunta: "Que dia é hoje?"

"Hoje é domingo, professor!", respondeu-lhe, com um sorriso, uma enfermeira mais velha que a estagiária Isabel, mas igualmente bonita e simpática, que o professor João soube mais tarde que se chamava Raquel e que gostava de ler os romances do escritor colombiano, prémio Nobel, Gabriel Garcia Marquez.

Domingo? Que acontecera no dia de ontem? Lembrava-se, vagamente, de se ter levantado da cama, aí pelas nove e meia da manhã, e que se sentira estranho, com um formigueiro persistente nas mãos e nos pés. Depois? Sim, depois fora à casa de banho, para fazer a barba. A Lurdes, a sua mulher, que também se levantara da cama, teria ido, entretanto, à cozinha para preparar o café da manhã e, enquanto João se olhava no espelho por cima do lavatório, meio sonolento ainda, a bocejar e irritado com aquela dormência pouco habitual das extremidades dos membros superiores e inferiores, podia ouvir o barulho das chávenas que a mulher punha na mesa e sentir um cheiro no ar a torradas e café. Daí a pouco iria acordar os filhos, o Eduardo, o Afonso e a Mariana. A Mariana iria com a mãe às compras e os dois rapazes iriam com o pai aos campos desportivos do parque que havia perto da casa onde moravam, dar uns chutes na bola.

Foi então que, de repente, o João deixou de sentir o lado esquerdo do seu corpo, como se fosse uma máquina a quem tivessem desligado subitamente a energia. Perdeu o equilíbrio e caiu desamparado e com estrondo no chão. De tal forma, que a Lurdes ouviu, na cozinha, o baque e começou a chamar pelo João, até chegar à casa de banho no interior do quarto de dormir, onde o encontrou caído no chão, inanimado. Chamou, imediatamente, o 112 através do seu telemóvel e, uns quinze minutos depois, uma equipa de paramédicos irrompia pela morada do professor adentro e prestava-lhe os primeiros cuidados. Rapidamente, foi transportado para a ambulância e daí para o hospital, onde entrara inconsciente e onde lhe fora diagnosticado um acidente vascular cerebral hemorrágico, ou seja, a rutura de um vaso sanguíneo no hemisfério direito do seu cérebro. O sangue derramado no tecido cerebral fora abundante e a perda desse sangue dera origem a uma paralisia dos membros superior e inferior esquerdos. Algum movimento dos mesmos poderia ser recuperado, mais tarde, mediante muitas horas de fisioterapia, mas agora o mais importante era controlar a hemorragia e salvar-lhe a vida, porque, nesse momento, o professor João encontrava-se entre a vida e a morte e só a pronta intervenção dos médicos do serviço de Neurologia do hospital lhe poderia valer.

O hobby do João era a guitarra. Estudara este instrumento na Academia de Amadores de Música em Lisboa. Apesar de a sua área de docência consistir, apenas, no ensino das línguas portuguesa e inglesa, ele sempre sentira uma vocação para a composição musical e uma irresistível paixão por guitarras. Tinha mesmo uma pequena coleção, cerca de uma dezena desses instrumentos, em casa, no seu escritório, entre clássicas e folk acústicas, elétricas, semiacústicas e até um teclado com *midi*, ligado ao computador onde instalara um programa de estúdio para gravar aquilo a que ele chamava *as suas ideias musicais*. Tinha, ainda, dois amplificadores de pouca potência e alguns sintetizadores de efeitos para guitarra que usava quando ensaiava e tocava ao vivo com a banda que formara há uns anos, composta principalmente por colegas de profissão, da área de educação musical.

Quando o João recuperou a consciência e se apercebeu que a sua mão esquerda tinha deixado de funcionar, que estava *morta*, quis também ele morrer.

Aliás, porque estava ele vivo? Como a sua vida andava, ultimamente, mais valia ter morrido. Tivera uma violenta discussão com a Lurdes, a sua mulher, uns dias antes de *isto* lhe ter acontecido. Esta apresentara-lhe os papéis do divórcio, assim de repente. Tinha-o arruinado, financeiramente, gastando todo o seu dinheiro sabe-se lá em quê, e agora queria levar-lhe os filhos, também. "Mais valia teres morrido, João!...", dizia uma voz na sua cabeça à medida que tentava, em vão, abrir a mão esquerda e esticar a ponta do pé esquerdo. Numa das vezes em que Lurdes o viera visitar, posteriormente, à Neurologia, ele encontrava-se medicado, *apagando-se* de vez em quando, mas ouviu-a perguntar baixinho, falando na direção do seu ouvido, antes de ele entrar novamente num torpor de quase zombie: "Porque não morreste, João? És tão agarrado à vida, homem! Era altura de te deixares ir. Até nisso és um falhado! Nem sabes morrer! Bolas! Agora, vou ter de tratar de um inválido até, possivelmente, ao fim da minha vida... Não me parece que vá conseguir aguentar isto! Raios te partam, João!"

Também vieram visitá-lo, à Neurologia, alguns dos seus amigos mais chegados—dois ou três colegas de profissão e meia dúzia de familiares mais chegados. Reconhecia-os e encetava conversa com eles, mas, uns minutos depois, *desligava*, pura e simplesmente. Ia para um mundo distante onde a sua mão esquerda funcionava e desenhava, ao longo do braço de uma bela guitarra clássica, acordes que a mão direita dedilhava e arrancava.

Nessa manhã, quando as enfermeiras entraram no quarto, correram as cortinas e subiram os estores, deixando entrar a luz de um sol radioso de inverno que encheu todo aquele espaço. A enfermeira Florbela, trauteando uma cantilena, foi acordando os doentes um a um, com um sorriso mais radioso que o próprio sol. João lutava contra o peso das pálpebras que pareciam pesadas como chumbo quando, de repente, sentiu que lhe seguravam a cara, com firmeza. O seu olho direito entreabriu-se e ele descortinou um sujeito com cara de poucos amigos, vestido de bata branca, que lhe examinava o queixo e as faces. Não reconhecia este homem que, apesar de vestir bata branca, não parecia médico ou enfermeiro. Alarmado, abriu finalmente os dois olhos e a sua mão direita elevou-se para segurar o pulso daquele que lhe apertava o queixo. O indivíduo pareceu surpreendido pela súbita reação de João, mas não perdeu a compostura e disse: "Calma! Vamos fazer a barba, está bem?"

Era o barbeiro do hospital que fazia a barba aos doentes acamados e, sem avisar, começara pelo João a escanhoar os pacientes daquele quarto.

Uma dessas manhãs, autorizaram o João a sair da cama. Uma enfermeira veio dizer-lhe que ele iria tomar banho de chuveiro e que, para isso, iria ser transferido da cama para uma cadeira de rodas especial que o levaria ao duche e na qual, sentado, tomaria banho, ajudado por uma auxiliar que empurraria a cadeira até ao local dos banhos e o assistiria na lavagem do corpo. Tinha de despir o pijama que trazia e colocar uma bata fina sem mangas que cobriria a maior parte do seu corpo, como um avental. Iria assim vestido até ao duche onde se despiria completamente e, sentado na cadeira, seria esfregado com uma esponja ensaboada, como um bebé.

O professor João, que tivera de expor o corpo perante homens e mulheres, desde que chegara ao hospital, começou a despir o pijama, mal a enfermeira correu os cortinados que rodeavam a sua cama. Mesmo só com uma mão útil, desnudou-se em pouco tempo.

Eis que, um minuto depois, uma alva mão entreabre os cortinados e uma cara jovem com uns olhos verdes brilhantes, um cabelo ruivo deslumbrante e um sorriso do tamanho do mundo irrompe pela abertura, dizendo: "Bom dia, está pronto para o banho, professor?"

O João ficou vermelho da cabeça aos pés e teve consciência de que estava completamente nu, diante daquela beldade ruiva.

Esta não desarmou e prontamente lhe vestiu a bata, deixando-o assim menos incomodado. No entanto, o João também notou um certo rubor nas faces da jovem auxiliar de ação médica, quando esta, para o segurar e pôr de pé, lhe pediu que a abraçasse, enquanto o transferia para a cadeira especial do banho, o *penico sobre rodas*, que era como alguns dos doentes designavam o objeto que, também, se adaptava à sanita para que aqueles, com mobilidade reduzida, pudessem fazer as suas necessidades fisiológicas. Essa inesperada proximidade, o perfume inebriante do cabelo e o contacto com o corpo dela, lembraram àquele homem sentimentos distantes de quando era jovem apaixonado pela mulher com quem casara, sentimentos que não voltara a ter desde o preciso momento em que se tornara um completo estranho na sua própria casa. E porque é que isso aconteceu? Um conjunto de circunstâncias, como se o destino, qual aranha impiedosa, tecesse uma intrincada teia à volta do casal e o puxasse para aquele desenlace, contribuiu para esse afastamento irremediável. Qualquer movimento para se soltarem, parecia que os deixava ainda mais presos a tudo aquilo que queriam evitar.

No fundo, sentia que não fora um bom marido, nem um bom pai...

Falhara em dois dos seus objetivos principais na vida, por isso a culpa era com certeza sua e a sua mulher tinha razão: "Nem soubeste morrer, desgraçado... deixavas-te ir, palerma!"

Parecia-lhe que, até no outro mundo, fora rejeitado...

"Volta lá para baixo, que não te queremos aqui!", gritava-lhe o São Pedro de um lado e o Mafarrico, do outro, fazia um ar de enfado, enquanto comentava, limpando as fossas nasais com uma ponta da forquilha: "Confesso que nem eu estou preparado ainda para te receber, meu chato do caraças! Volta lá pró mundo, que ainda não está na tua hora!"

Ouvia-se a si mesmo gritar ao Céu e ao Inferno, de onde as figuras vicentinas da sua imaginação persistiam, com os seus olhares reprovadores: "E que mais querem vocês que eu faça aqui neste mundo? Não acham que já chega de equívocos e de sofrimento?"

Alucinava, devido à medicação que tomara ou à inflamação que o derrame lhe causara no tecido cerebral.

Olhava lá para fora, pela janela do hospital, para o dia cinzento e, de vez em quando, perdia-se no espaço e no tempo.

Um dia, sentado na cadeira de rodas, com o olhar perdido no vazio, sentiu os olhos de um velhote, outro doente, sentado na cama em frente à sua, fixarem os seus.

Imigrante no Brasil durante mais de quarenta anos, o Tiago fora vítima de uma queda nas escadas da moradia do seu filho, as quais descia depois de um almoço, durante uma visita que veio fazer à família em Portugal, ao fim de mais de vinte anos sem mostrar a cara a irmãos, sobrinhos e outros familiares que deixara no país natal.

"Visite a capela do Hospital. Sinta a espiritualidade que se respira ali!...", dizia-lhe ele, com uma voz distante, como se falasse do fundo de um poço.

II

O JOÃO sentia-se cansado, farto de estar sentado na cadeira de rodas, naquele quarto da enfermaria geral do serviço de Neurologia. Queria levantar-se e sair, mas, qualquer esforço que fizesse deixava-o ainda mais desconfortável naquela cadeira e só pensava: *porque não me tiram daqui e me põem na cama? Preciso de me deitar. Não me sinto bem. Há horas que aqui estou sentado e isto já parece uma tortura...*

Na verdade, tinham-no sentado na cadeira de rodas, de frente para a janela, havia apenas alguns minutos.

O João era acometido, agora, por uma náusea que lhe subia do ventre. Retorceu-se mais na cadeira e, sem saber como, soltou-se e estatelou-se, com ruído, no chão da enfermaria. Ainda ouviu, como vindo de dentro de um poço, alguém gritar por socorro e chamar pelos enfermeiros de serviço. Pouco depois, sentiu-se erguido por fortes mãos e braços e viu-se colocado numa maca com rodas e transportado a toda a pressa pelos corredores do hospital. Via as luzes do teto passarem uma a uma, vertiginosamente, como traços descontínuos de uma estrada. Depois... bem, depois ficou tudo escuro.

Acordou com uma jovem de bata branca, com um rosto que lhe pareceu familiar, alvo e belo, rodeado por um cabelo bem penteado e com ar sedoso, de um castanho muito claro, quase aloirado. Na lapela, um pendente mostrava a seguinte etiqueta: *Dra. Diana Eresh.*

"Olá, professor! Bem-vindo!", disse ela com uma voz musical.

João observava-a, deitado na maca, e cada vez mais as expressões do rosto da médica se pareciam com a daquela auxiliar ruiva... como se chamava ela? A memória recente tinha sido afetada pelo derrame e ele não conseguia lembrar-se, se é que ela alguma vez lhe dissera como se chamava.

Além disso, a atenção dele recaía mais sobre a cinturinha da médica e sobre o traseiro que estava cingido por umas calças de ganga justinhas que ela deixava vislumbrar sob a bata. Inclinava-se, de vez em quando, sobre uma secretária e, quando o fazia, saía de dentro da bata branca um corpo felino, esguio, acentuado pelas curvas perfeitas das suas nádegas, deixando o nosso paciente com um sorriso, torcido pelo AVC, na sua boca.

"Professor, quer apalpar-me o rabo?", perguntou ela, repentinamente e também com um sorriso maroto e cúmplice, fazendo-o ficar muito sério e confuso, fazendo-o pensar: "Será que disse em voz alta alguma coisa que não devia? Senão, como é que ela leu a minha mente? Como pôde ela adivinhar?"

"Ó, doutora! Longe de mim tal pensamento!...", mentiu ele, corando de vergonha.

"Ora, ora, professor! Conheço bem os homens e sei que não resistem a *umas curvas*. Olhe, só o deixo tocar-me no rabo se o fizer com a sua mão esquerda. Até me ponho a jeito!" E, dito isto, inclinou-se num ângulo reto, deixando o seu curvilíneo traseiro a poucos centímetros da cara do João que, totalmente aparvalhado e estendido na maca, deu mentalmente à sua mão esquerda a ordem para o impulso, para a fazer chegar àquele volume redondinho e apetecível.

O João conheceu aí o verdadeiro suplício de Tântalo: estar tão perto da fruta e não lhe poder tocar!

O braço não levantava, a mão não mexia… o João já estava roxo do esforço…

Parecia que a jovem médica, mesmo de costas para ele, estava completamente consciente dos seus inglórios esforços, tanto físicos como mentais, e até pareceu ao nosso esforçado paciente ouvir um risinho abafado de troça, enquanto ela abanava provocadoramente o traseiro na frente da sua cara congestionada.

Foi então que o João perdeu completamente as estribeiras. Levantou a mão direita e deu-lhe, com todas as suas débeis forças, um apalpão tão violento que ela quase se desequilibrava e caía por cima da pequena secretária onde, de vez em quando, pousava papéis e sobre a qual antes se debruçara para tentar a libido do nosso pobre amigo.

"Professor, isso não vale!! Isso é batota!", exclamou, furiosa e franzindo, de forma assustadora, o seu belo rosto. Dito isto, dirigiu-se à porta e chamou por alguém de quem o João não percebeu o nome, enquanto saía, disparada, pela abertura.

Minutos depois, entrou pelo quarto adentro um fulano de bata branca com uns óculos de aros redondos, expressão serena, trazendo na lapela o nome: Dr. Jorge Limão.

Chegou perto de João e disse, tirando os óculos: "Ó professor, você apalpou o rabo da doutora Diana, não foi? Caramba, você é tramado!" Voltou a por os óculos na cara e o seu semblante sério desfez-se com um sorriso.

"O professor teve a coragem de fazer aquilo que eu nunca consegui fazer… e olhe que já me deu vontade imensas vezes!"

Dito isto, o doutor Jorge abraçou o João que, entre o divertido e o envergonhado, não sabia se havia de rir ou de chorar.

Quando o médico saiu da sala, João pensou que o rosto do médico lhe lembrava alguém familiar, mas quem seria?

Era aquele Beatle… o que foi assassinado… o John Lennon… pois era, o doutor Jorge era mesmo muito parecido com o Lennon!

O João encontrava-se outra vez só. E, mais uma vez, não tinha a perfeita noção do tempo, por isso, ao fim de poucos minutos, começou a achar que já ali estava há uma eternidade e suplicava que alguém o viesse tirar daquele lugar, primeiro mentalmente, depois em voz alta.

Após o que João pensou ser mais de uma hora, mas na realidade não foi mais do que cinco minutos, apareceu uma enfermeira que o nosso professor já tinha visto, ao longe, de volta de um doente que estava, segundo diziam, prestes *a partir*. E com isto queriam dizer que estava prestes a morrer.

A enfermeira sorriu-lhe, enquanto lhe dizia: "Calma, professor, que já o tiro daqui!" E, dizendo isto, mostrou-lhe um sorriso que, maldito cérebro que lhe pregava partidas, era tal e qual o da doutora e o daquela auxiliar, como se chamava ela?

O professor João sentiu-se novamente empurrado pelos

corredores daquele hospital, estranhamente vazios, e levado de volta para o seu habitual quarto de enfermaria na Neurologia. Mas onde estavam os outros?

"Tiveram alta", disseram-lhe.

"Todos?", estranhou o João, porque sabia que alguns ainda estavam pior do que ele e não seria, de todo, prudente, terem alta tão cedo.

"Ora, professor, qualquer dia também você vai estar de saída", disse-lhe a enfermeira de rosto parecido com a médica e com a auxiliar de quem não se lembrava o nome.

Pegou nele pela cintura e sentou-o, com uma facilidade inacreditável, naquela cadeira de rodas detestável que ele já não conseguia suportar e empurrou-o para junto da janela que dava para um pátio interior onde o João podia ver uns vultos vestidos de negro que lhe pareceram um adulto e três crianças em volta de um buraco retangular recortado no chão. Havia, pelos vistos, um cemitério nesse pátio e o João nunca se tinha apercebido disso, e já olhara através dessa janela vezes sem conta. Os vultos estariam a prestar uma última homenagem a quem repousava naquele caixão, dentro daquele buraco, levando o João a fixar-se mais intensamente no adulto que, entretanto, virara a cara em direção da janela de onde ele observava toda aquela cena. Foi então que o sangue gelou nas veias do nosso professor: era a sua mulher Lurdes e as crianças eram os seus filhos que pareciam chorar enquanto olhavam para dentro da sepultura retangular.

Por quem choravam eles? Porque estavam de luto?

"Ó enfermeira!", chamou o João, desviando, por momentos, o olhar da janela e daquela lúgubre cena que vislumbrou no pátio para onde a janela dava.

"Ó enfermeira!", chamou, novamente. "Não sabia que

tínhamos uma vista para o cemitério do hospital, aqui do quarto!"

"Cemitério do hospital?", replicou ela, assomando à porta do quarto. "Deve estar a delirar!... Ora, mostre lá esse cemitério!..."

O João levantou a mão direita para apontar, mas ao virar, também, os olhos, observou que o que havia lá em baixo era, afinal, apenas o habitual parque de estacionamento, com diversas viaturas estacionadas...

Raios partam o seu cérebro! Já não podia acreditar no que via ou parecia que via... Estava mal, muito mal e talvez tudo isto fosse *o canto do cisne...*

III

"LEVE-ME à capela do hospital, enfermeira, por favor!", pediu o João, sem saber porque tinha feito este pedido, assim de repente.

"Quer visitar a capela? Está bem, vamos lá, então! Aperte os cintos!", gracejou a enfermeira enquanto empurrava o professor, sentado na cadeira de rodas e a achar que a rapariga levava jatos nos pés, tal a velocidade com que se sentia empurrado e a rapidez com que chegou à porta da capela, que ficava situada num claustro interior. Sim, porque o edifício onde se instalara aquele hospital era um antigo palácio ducal que preservava a arquitetura original.

A capela era ampla, arejada, ao estilo das pequenas igrejas das aldeias portuguesas, mas, dentro desta, havia um brilho que pareceu ao João não poder vir apenas da iluminação interior fornecida por um candelabro a pender do teto, no meio da nave e por algumas velas acesas, junto ao altar. No centro do altar, um fresco com a imagem de Cristo, ascendendo aos céus, dominava. Estranhamente, os olhos da imagem pareciam observar e seguir os movimentos do professor que começava a sentir-se um pouco incomodado com essa sensação.

Procurou pela enfermeira, mas esta tinha desaparecido. Um homem avançava, vindo da zona do altar, em direção a ele. Trazia uma gola branca de padre. Na lapela vinha presa uma placa com o seu nome: Padre Ari Udine.

"Que se passa com este hospital?", perguntava-se o nosso paciente. "É só pessoal com apelidos estrangeiros a trabalhar aqui... que disparate é este?"

Os olhos do padre Ari eram de um verde hipnótico e até a sua fisionomia fazia lembrar alguém ao nosso João, alguém cujo retrato vira num livro. "Ora, deixa-me pensar... este faz-me lembrar o...Harry Houdini... é isso! Meu Deus, estou mesmo com os parafusos soltos... isto não é possível!"

"Olá, professor!", saudou ele. "Já o esperava há um certo tempo. Deixe-me mostrar-lhe a capela. Comecemos pelas imagens dos santos no lado direito: São Simão, São Bartolomeu, São Tiago Menor, São João Evangelista e Santo André. No lado esquerdo, São Pedro, São Paulo, São Tiago Maior, São Tomé, São Filipe, São Matias e São Lucas. Meus santinhos, demos as boas vindas ao professor!" E, ao dizer isto, as imagens, uma a uma, viraram-se para o João e saudaram-no, em uníssono: "Bem-vindo, professor!"

O João estava definitivamente louco, agora tinha a certeza e, depois de estacar boquiaberto durante uns segundos, rompeu num riso nervoso e demente que ecoou por toda a capela.

"Acalme-se, professor! Não se perturbe!", exclamou o padre, fixando os olhos hipnóticos no nosso amigo e fazendo-o, de imediato, serenar. Depois segredou-lhe: "Já ouviu falar dos Anunnaki?"

"Os Anu… quem?"

"Os deuses sumérios, conhecidos entre os antigos egípcios como Néter e entre os Hebreus como Nefilim… os anjos caídos, homem! Caramba, você é professor, devia de saber estas coisas!"

O João, algo atrapalhado, porque não via a que propósito vinham agora os Nefilim à baila, depois dos ícones de pedra daquela capela o terem saudado a uma só voz, replicou, instintivamente: "Claro que sei! Enoque referia-se a eles como *os Vigilantes.*"

"Esses mesmo!", suspirou aliviado o padre Ari. "Já me estava a assustar, professor! Receei, por momentos, que fosse um completo ignorante… e a educação como anda ultimamente, com licenciaturas curtas que não passam de bacharelatos insignificantes… não me surpreenderia de todo…"

O padre Ari olhou o João ainda mais intensamente nos olhos e, baixando novamente o volume da voz, perguntou-lhe, quase segredando: "Não achou nada de estranho na doutora Diana e… na enfermeira Irkalla?"

"O quê? Esse é o nome da enfermeira? E que raio de nome é esse? Porque é que neste hospital trabalha tanta gente com apelido estrangeiro?"

"Ó homem, não me diga que reparou nos nomes e não viu que uma é a cara chapada da outra!"

"Vi, sim! Serão gémeas?"

"Digamos que o meu amigo está, de facto, *in Manibus Mortis*, ou seja, nas mãos da Morte em pessoa. A doutora e a enfermeira são a mesma pessoa: Ereshkigal, a deusa suméria do mundo dos Mortos. E com ela estão as almas de vários mortos, como eu, você, o doutor Limão e mais alguns que ainda irá encontrar até ela o levar definitivamente para baixo, para o submundo."

O João devia estar efetivamente a sonhar... Agora, este padre estranho dizia-lhe que a médica a quem apalpara o rabo era, nem mais nem menos, a Morte em pessoa, ou a deusa da Morte ou seja lá quem quer que fosse e que ele próprio não era mais do que uma alma perdida, à espera de descer aos infernos.

"Bom, acho que já falei demais", disse o padre Ari, perante o silêncio incomodado do atordoado João e olhando com algum receio à sua volta, como se perscrutasse os recantos da capela, procurando alguma presença indiscreta que estivesse, eventualmente, atenta às suas palavras.

"Adeus, professor!", continuou, de semblante mais sereno. "Foi um gosto recebê-lo cá, na minha humilde capela!"

E todas as imagens, a uma só voz, viraram-se para o João, dizendo: "Adeus, professor! Volte sempre!"

Quando se recompunha daquela estranha e sobrenatural despedida, sentiu puxarem a sua cadeira de rodas com grande rapidez e viu-se a reentrar nos corredores do hospital que levavam à enfermaria de Neurologia. Tentou virar-se para trás para olhar o rosto da enfermeira que o padre Ari lhe dizia ser a Morte, mas o seu pescoço recusava-se a rodar e apenas conseguia olhar em frente. De facto, se se tivesse virado, teria visto uma figura sinistra, encapuzada, mas mostrando, ainda assim, as órbitas vazias de uma caveira. Era a Morte, como costuma ser retratada nos filmes, que o empurrava pelos corredores desertos do hospital.

IV

JOÃO entrou, finalmente, na enfermaria e viu, na cama em frente à sua, onde estivera no dia anterior, antes de aparentemente ter tido alta, o velho Tiago, um novo doente que estava sentado a escrever algo num caderno, totalmente absorto e alheio à entrada abrupta da cadeira de rodas que transportava o nosso professor.

"Professor, tem um novo companheiro de quarto, o Luís Vaz", disse a enfermeira, com aquele sorriso que o João achava desconcertante e que, nesse momento, se encontrava virada para ele.

"Ó enfermeira, qual é o seu nome, afinal?", perguntou o João, curioso e ansioso por confirmar o nome estranho que o padre Ari lhe chamara.

"O meu primeiro nome é Matilde e o meu nome de família é Wirkkala. O meu pai, já falecido, era finlandês", explicou ela enquanto apontava para a lapela onde se via uma placa com o nome: Enfermeira Matilde Wirkkala.

O Luís, o seu novo e agora único companheiro de quarto, continuava alheio a tudo, sentado na beira da cama e escrevendo no caderno pousado numa mesinha alta com rodas que lhe servia de secretária.

O João, com a sua mão boa, impeliu a cadeira de rodas para junto do indivíduo, ficando de frente para ele, e começou a analisá-lo. Aparentava estar na casa dos quarenta, tinha uma barba de dias, cabelo ondulado, castanho-arruivado, misturando-se com as cãs, nariz proeminente, mas fino, e boca pequena de lábios carnudos.

De súbito, o Luís levantou a cabeça e fitou o João, com uma expressão de curiosidade no rosto. O professor reparou então nos olhos azulados do Luís, o direito estranhamente quieto e fixo e o esquerdo movendo-se como um *scanner*, a examiná-lo com curiosidade. O olho direito do Luís era de vidro, por isso não se movia como o esquerdo.

"Olá!", saudou ele o seu interlocutor. "Sou o Luís."

"João", replicou o professor. "João Gonçalves." E estendeu a mão para o cumprimentar.

"Há quanto tempo está aqui?", perguntou o Luís.

Tempo? Tempo? A noção do tempo para o nosso professor era um pouco vaga, confusa. Quanto tempo passara?

"Há perto de uma semana, acho eu…", atirou, com pouca convicção.

"Eu vim transferido de outro setor, de outra enfermaria…", continuou Luís Vaz, "de doenças infetocontagiosas."

O João, instintivamente, recuou um pouco a sua cadeira de rodas. O Luís apercebeu-se disso e sorriu, dizendo: "Não se preocupe, João! Não ofereço, neste momento, qualquer perigo de contágio, pode estar descansado! Senão, não me teriam posto aqui consigo… A propósito, como foi parar a essa cadeira de rodas?"

O João explicou-lhe que sofrera um AVC hemorrágico que paralisara o seu lado esquerdo e que não conseguia andar porque se desequilibrava e caía. Precisava de fisioterapia para voltar a conseguir andar.

"Isso é o que eles querem que pense!", exclamou o Luís, repentinamente, olhando em volta para se certificar que estavam a sós no quarto, tal como fizera o padre Ari na capela. "São eles que o fazem pensar que está assim… nesse estado."

"Eles, quem?", perguntava, confuso, o professor.

"Ora, o padre Ari não lhe disse? Os Anunnaki. São eles que mandam neste local… neste limbo onde nos encontramos presos… até decidirem levar-nos definitivamente."

Que conluio era este? Agora o Luís vinha com a mesma conversa do padre e, para o João, tanto um como o outro deveriam era pertencer à ala psiquiátrica. Não fora os santos da capela terem, aparentemente, falado com ele, e teria o João a certeza que era o único mentalmente são ali.

O Luís Vaz pareceu aperceber-se dos pensamentos do João e, com um sorriso sobranceiro de quem sabe de coisas que o seu interlocutor ignora completamente, disse-lhe: "Você acha que somos loucos, eu, o padre Ari e, enfim, todos os que tem encontrado por aqui, desde que caiu da cadeira de rodas e perdeu os sentidos, não é verdade? Pois, deixe-me contar-lhe o seguinte: Sabe a minha idade, em relação ao seu tempo? Se eu ainda fosse vivo, teria quase quinhentos anos de idade. Vê o meu olho direito? É de vidro. Perdi o meu olho verdadeiro numa batalha em Ceuta. Era soldado do exército português, ao serviço do rei D. João III. Mais tarde, a vida levou-me ao Oriente, à Índia… Aprendi muita coisa por lá. Em Goa, conheci um sábio a quem os locais chamavam, com profunda veneração, Arya. A palavra significa, vinda do sânscrito e do hindu antigo, *nobre* ou *aquele que age com nobreza*. Este sábio, descendente de um povo milenar que habitou a região que é hoje o atual Irão e que migrou para a Europa, dando origem à raça caucasiana, contou-me a história da proveniência dos seus antepassados. Levou-me a uma caverna sagrada que zelosamente guardava, nas imediações da cidade, e que continha, espalhadas pelas paredes, figuras do tipo rupestre retratando o que parecia ser gigantes, no meio de animais e de humanos à escala normal. Mostrou-me, também, túmulos com ossadas e crânios descomunais e alongados. Disse-me, ainda, que esses gigantes atravessaram o oriente médio e formaram cidades na europa mediterrânica e nas regiões do Norte, estabelecendo-se nas estepes russas, na Escandinávia e, até, nas ilhas britânicas. Na Irlanda, foram conhecidos como os *Tuatha de Danann* e eram híbridos criados pelos deuses Anunna que se cruzaram com os humanos, como conta o livro de Enoque."

O Luís Vaz interrompeu a sua narrativa e acrescentou: "Sabe, sou escritor e estou a escrever as crónicas dessa minha experiência por Goa e pela Índia misteriosa."

"Já sei!", exclamou o João, certo agora de que estava a viver um sonho, porque nada daquilo poderia ser possível. "Estou a falar com o grande Luís Vaz de Camões, o autor de *Os Lusíadas*, não é verdade?"

Luís Vaz, em resposta, apenas esboçou um sorriso demonstrador de que o professor chegara a uma mais que óbvia conclusão.

O João, de repente, lembrou-se de uma situação que vivera, numa aula de português, em que perguntara a um aluno quantos *cantos* tinha a obra *Os Lusíadas*. O aluno ficou pensativo, esfregou a cabeça, olhou para o exemplar que estava pousado na secretária do professor e respondeu: "Quatro, professor!"

"Quatro?", perguntou o João e, meio divertido pela irrefletida e ignorante resposta, pediu-lhe, em seguida: "Explique lá como chegou a essa brilhante conclusão!"

O aluno levanta-se, pega no exemplar do professor e conta, em voz alta, enquanto passa os dedos pelos cantos físicos do livro: "Um, dois, três, quatro!"

O João contou este episódio ao Luís Vaz e a reação deste fez a enfermeira entrar pelo quarto adentro, pensando que o poeta estava a ter uma apoplexia, porque o olho de vidro quase lhe saltava da órbita, tal o ataque de riso que a situação lhe provocou.

O João sentia-se todo ufano porque tinha feito o histórico Luís Vaz de Camões rir a bandeiras despregadas de uma piada contada por si e pensou que este sonho bizarro estava a tornar-se muito divertido, para variar.

Deslocou a cadeira de rodas para perto da sua cama. Daí, espreitou a janela que dava para o pátio interior e viu que estava a nevar lá fora e que a neve caída já tapava a capota de muitos dos carros estacionados no exterior, deixando pequenas manchas coloridas no branco brilhante que cobria o estacionamento. Se continuasse a nevar assim, os acessos ao hospital seriam seguramente cortados.

O João começava, novamente, a sentir-se desconfortável na cadeira de rodas e virou-se para Luís Vaz, que tinha, entretanto, voltado à sua tarefa de escrita, dizendo: "Gostava de ter forças e equilíbrio para me pôr de pé, sair desta cadeira e deitar-me sem precisar da ajuda da enfermeira."

O Luís Vaz levantou os olhos do caderno onde escrevia, fitou o nosso professor com o seu olho bom e replicou: "Olhe que consegue! Segure-se com a mão direita aos ferros da sua cama, dê um impulso para subir e, depois, tente movimentar as suas pernas, primeiro com a que não foi afetada, depois com a esquerda, devagarinho."

Embora receoso de cair mais uma vez da sua cadeira de rodas, João decidiu fazer o que Luís lhe dizia. Segurou-se ao ferro da armação dos pés da cama, deu um impulso para se erguer, sentiu-se tonto, a cabeça a girar, mas acalmou-se e respirou fundo. Agora, já olhava para tudo de uma perspetiva superior. A perna esquerda tremia-lhe, mas estava de pé outra vez.

O Luís Vaz, com um tom de voz aprovador, encorajava-o: "Isso! Está a ver? Já fez o mais difícil, conseguiu levantar-se sozinho. Agora, lembre-se: você pode fazer o que lhe apetecer. *Eles* é que querem que pense que não. Mexa a perna direita… isso. Agora, mexa a esquerda… muito bem!"

João, com algum esforço, deu uns passos, sem largar o varão dos pés da cama onde se segurava com a mão direita, rodou o corpo e sentou-se na berma da cama pelos seus próprios meios. Vitória! Com um sorriso nos lábios, deixou cair o tronco na cama e, aliviado, sentiu-se a adormecer.

V

ACORDOU com um barulho estranho. Onde estava? Ah! Estava na cama. Tinha-se deitado sozinho. Mas, espera aí. Não se lembrava de se ter despido e de se ter metido na cama e tapado com o lençol e o cobertor.

Um uivo de canídeo fez-se ouvir no silêncio da noite, vindo do pátio interior que funcionava como local de estacionamento. Tentou ligar a luz do seu candeeiro de mesinha de cabeceira porque o quarto se encontrava às escuras, mas não encontrou o interruptor. Apenas uma pequena luz de presença estava ligada, junto à porta de entrada, espalhando uma ténue claridade. Subitamente, ouviu o uivar não vindo de fora, como inicialmente, mas no interior do quarto. Sentiu-se paralisado de medo. Ouviu, também, um arfar de animal selvagem e um rosnar lupino. Receoso, afastou lentamente o lençol e o cobertor, destapando a cara, e espreitou para o fundo do quarto, para a porta, de onde lhe pareceu virem aqueles sons assustadores. E ali estava! A atravessar a ombreira da porta entreaberta do quarto estava um lobo cinzento, enorme, rosnando ameaçadoramente, os olhos com um reflexo vermelho-sangue, focinho levantado, farejando o ar. Aproximou-se da cama mais próxima e inspecionou-a, sem parar de rosnar, ameaçadoramente. Prosseguiu para a cama seguinte. O arfar e o rosnar da criatura selvagem enchiam agora o quarto. João queria chamar a enfermeira ou o Luís Vaz, mas, receoso de que a sua voz atraísse o animal, resolveu ficar silencioso e meter-se debaixo do lençol e do cobertor, tapando a cabeça. O lobo deveria estar a passar pela cama do Luís Vaz, nesse momento. Em seguida, seria a dele. Estranhamente, para além do rosnar contínuo do lobo, nenhum outro som se lhe juntou. O lobo chegara junto da sua cama. Sentiu o arfar muito próximo e até o hálito da besta chegou às narinas do aterrado professor.

Repentinamente, a cobertura da cama é puxada, com algum ímpeto, de cima da sua cabeça. Com os olhos fechados, João ouve uma voz familiar: "Professor, está na hora de tomar o medicamento!"

Era a enfermeira Wirkkala que lhe trazia um comprimido e um copo de água. A luz do quarto estava ligada, João viu Luís Vaz que roncava, dormindo profundamente e nem sinal do lobo que ainda há pouco parecia tão real e tão presente, ali naquele quarto.

Nessa manhã, o João estranhou não o levarem para o habitual banho matinal no famoso *penico sobre rodas*. Em vez disso, levaram-no, mais uma vez, na costumeira cadeira de rodas, para aquele espaço em frente da janela que dava para o pátio que era parque de estacionamento do hospital. E, tal como das outras vezes, começou a sentir-se desconfortável e a achar que estava ali sentado havia horas quando, na realidade, estava ali apenas há alguns minutos.

Ia começar a chamar pela enfermeira, para o voltar a pôr na cama, quando notou lá fora o chão de cimento a começar a rachar, a abrir e a engolir os automóveis estacionados. Projéteis luminosos atingiam os edifícios circundantes, destruindo-os numa coluna de fumo e fogo. Aparelhos estranhos, suspensos no céu, pareciam ser os causadores de toda aquela destruição que, estranhamente, se desenrolava perante os seus olhos, como se estivesse a ver um filme sem som. O edifício do hospital parecia estar protegido de toda aquela violência que via através da janela, sem se ouvir qualquer som de explosão ou até o mais pequeno tremor vindo de uma qualquer onda de choque, como seria natural, dada a violência das explosões que, no mínimo, estilhaçariam as janelas daquele quarto do hospital e todas as outras ao redor.

O João virou a cadeira para olhar para o Luís Vaz que estava sentado na orla da cama, como quando o vira, na primeira vez, a escrever no seu caderno. Desta vez, antes que o João se lhe dirigisse, Luís Vaz levantou os olhos do caderno e disse ao nosso professor: "Não se perturbe, João! Essa janela é o oráculo do futuro. Quando aí estiver e o que vir não for, apenas, os automóveis estacionados, calmamente, nesse pátio, é porque está a ter uma visão do futuro, próximo ou longínquo. Mas, como o futuro é incerto, o que vê poderá acontecer ou não. Digamos que, nas atuais circunstâncias ou contingências, o que viu será a realidade, o futuro. Os imponderáveis do destino poderão mudar o rumo das coisas, por isso aquilo que viu será real, se os imponderáveis não acontecerem."

O João não sabia o que pensar de tudo isto, mas estranha e inexplicavelmente, aceitava este estado de coisas como normal. Começava a perceber que estava numa outra realidade, num mundo paralelo. Parecia tudo quase igual, mas era tudo diferente. Lembrava-se daquela frase do filme *O Feiticeiro de Oz*, em que a Dorothy diz ao seu cão: "*Toto, I've a feeling we're not in Kansas any more.*"[2]

A enfermeira Wirkkala entrou no quarto, com uma bengala de tripé na mão e, dirigindo-se ao João, disse-lhe friamente: "Soube que se pôs de pé sozinho, contrariando as nossas indicações para pedir sempre ajuda a uma enfermeira, por isso, trago-lhe aqui um andarilho. Segure nele com a mão direita, faça força para se impulsionar e ponha-se de pé com a ajuda do tripé, se faz favor!"

---

2 Toto, acho que já não estamos mais no Kansas.

VI

O JOÃO, impaciente por começar a sua recuperação, ficou muito satisfeito com o convite e assim fez, de pronto. A enfermeira corrigiu a postura do corpo dele, endireitando-lhe as costas e pediu-lhe: "Devagar e apoiando-se no andarilho, comece a caminhar!"

O professor, arrastando a perna esquerda, começou a dar alguns passos pelo quarto.

"Ótimo!", disse ela. "Agora, que já consegue andar, siga-me, vamos dar um passeio pelos corredores da Neurologia."

Enquanto o João se exercitava, puxando pelos músculos flácidos pela inatividade, olhava com outros olhos o corredor do serviço de Neurologia e a curiosidade fê-lo perguntar: "Enfermeira, há mais doentes de AVC aqui internados?"

"Há mais dois", respondeu ela. "Um deles está no quarto aqui ao lado."

E, corrigindo a posição do tronco do professor, perguntou-lhe: "Quer conhecê-lo?"

"Gostaria muito", respondeu ele, enquanto dava mais uma passada, tentando levantar a perna esquerda.

Entraram no quarto seguinte onde um paciente que aparentava andar na casa dos setenta anos de idade estava sentado na cama, rabiscando um caderno, tal como o Luís Vaz. Em cima da mesa de cabeceira, o professor João observou uma pilha de livros, com as lombadas viradas para o seu lado.

"Outro escritor", pensou o João," Músicos e escritores

andam por aqui aos montes, este local deve ser o limbo das artes!"

"Professor, apresento-lhe o Zé, também conhecido por JCP."

"Olá, João. Muito prazer!", saudou JCP, com um sorriso.

João retribuiu o cumprimento, pensando: "O que vale é que aqui toda a gente sabe o meu nome!"

Uma vez mais, os olhos do professor pousaram na pilha de livros e, de repente, a sua visão ampliou-se e tornou-se mais nítida, como se lhe tivessem colocado uma lupa gigante, na frente dos olhos. As lombadas dos livros indicavam que o autor de todos eles era José Cardoso Pires e o livro, no topo da pilha, intitulava-se *De Profundis, Valsa Lenta*. João tinha lido este livro, há alguns anos. Lembrava-se que contava o primeiro AVC daquele escritor. Custava-lhe a acreditar que tinha ali, na sua frente, o grande José Cardoso Pires. Sentiu-se, no seu íntimo, envaidecido por ter, como companheiros de infortúnio, tão ilustres individualidades, ainda que suspeitasse que tudo isto não passava de um sonho.

"O outro paciente está num quarto só para ele", informou a enfermeira Matilde. "Tem uma terapeuta exclusiva, porque, coitado, sofre da síndrome do encarceramento. É francês e estava em férias em Portugal quando um derrame cerebral intenso o atirou para um coma e, quando despertou, apesar de completamente lúcido, apenas conseguia mexer o olho esquerdo. É com ele que comunica com a sua enfermeira privativa. É o Jean Dominique. Quer vê-lo?"

O João respondeu que não, que não estava preparado para ver mais desgraça, talvez noutro dia…

VII

AGORA que já conseguia levantar-se da cadeira de rodas e caminhar, com o auxílio da bengala tripé, o João dava por si a deambular pelos corredores da enfermaria de Neurologia. Desta vez, meteu-se num elevador que, pela primeira vez, se apercebera que existia e desceu ao claustro interior. Sentia novamente a necessidade de visitar a capela. Quando chegou, cumprimentou com naturalidade os santos que retribuíram prontamente o cumprimento e sentou-se no banco de trás, no silêncio da pequena nave, a contemplar o fresco com a figura gloriosa de Jesus que, mais uma vez, parecia fixar nele uns olhos perturbadoramente penetrantes.

Esperava ver surgir, a qualquer momento, a figura camuflada do padre Ari e deu por si a espreitar por entre os nichos dos santos que tinham voltado à habitual posição fixa de estatueta de porcelana no seu pedestal. Ali, entre o São João Evangelista e o Santo André, estava uma guitarra clássica Alvarez, linda de morrer, assente num suporte prateado, muito brilhante... o João levantou-se de um pulo, quase se desequilibrando no ato, apoiou-se na bengala e deslocou-se, com uma desenvoltura inesperada, para junto do instrumento que parecia chamá-lo. Passou-lhe os dedos da mão direita pelas cordas e arrepiou-se ao sentir o som ecoar pela nave da igreja. Quis senti-la no colo. Pegou no braço do instrumento com a sua mão boa, largou a bengala, e arrastou-se como pôde até ao banco mais próximo, com muito cuidado para não deixar cair a linda Alvarez. Sentou-a no seu colo, sentiu-lhe o cheiro da madeira, encostou o peito à caixa, macia, brilhante. Era um momento íntimo, de verdadeiro amor. Sentiu, de repente tocarem-lhe no ombro. Custou-lhe a tirar os olhos do objeto amado que tinha nos braços. Quando o fez, finalmente, viu um homem de longos cabelos e barba comprida, vestido com uma túnica branca, que lhe sorria com um ar cândido e terno.

Espera aí, mas parece mesmo o Jesus da pintura!... Instintivamente, olhou para o quadro e ele estava... vazio. Era o Jesus do fresco que estava ali ao seu lado, com a mão pousada no seu ombro.

"Ouvi dizer que gostas de guitarras, João!", disse-lhe com uma voz quente e aveludada.

João, meio aparvalhado, dividia o seu olhar entre a figura do Messias e o instrumento que afetuosamente segurava no colo.

"Tenho tantas saudades...", murmurava ele, com tristeza na voz.

"Dá-me a tua mão esquerda!", pediu-lhe Jesus. Ao dizer isto, segurou-lhe a mão e levantou-lhe o braço.

O João sentiu, subitamente, uma leveza no seu braço esquerdo e os seus dedos da mão esquerda começaram a mexer, como se uma força mágica os libertasse de uma prisão de ferro.

"Toca!", ordenou-lhe Jesus. E o João deu por si a tocar uma sonata de Bach que nunca tinha tocado antes, saindo-lhe o movimento dos dedos mais natural e ágil do que nunca. À medida que o som produzido pelas cordas daquele instrumento mágico enchia a nave da igreja e os santos se viravam para ele, extasiados, dos seus nichos, a escutar, duas lágrimas grossas corriam da cara do nosso professor que mentalmente dizia: "Agora, já posso morrer em paz!"

Sentiu alguém sentar-se ao seu lado. Era o padre Ari. Também ele estava impressionado pela beleza da música.

Jesus havia voltado ao seu quadro e parecia, agora, ainda mais glorioso.

O João, após aqueles quase dez minutos de êxtase musical, devolveu penosamente a guitarra ao padre Ari e deu por si a voltar, pelo seu próprio pé, sem o auxílio da bengala, ao seu quarto de enfermaria. Passava por aqueles corredores estranhamente vazios, como se flutuasse. Parou, subitamente, ao ouvir o que pareciam ser gemidos de uma voz aguda, feminina. Vinham de trás de uma porta que estava somente encostada, com um intervalo que deixava ver para o interior. Era o gabinete da doutora Diana.

O João ia prosseguir caminho, mas um novo gemido fê-lo espreitar pelo intervalo. O doutor Jorge Limão e a doutora Diana faziam sexo, ali, sobre a secretária dela e, desta vez, parecia que o médico, que antes confessara ao nosso professor os seus desejos frustrados de pôr as mãos no corpo da colega, se estava agora a desforrar largamente dessa frustração, porque as suas mãos apalpavam freneticamente o corpo parcialmente nu da mulher e, aparentemente, esta estaria a gostar, pois gemia de prazer, segundo o que o João se apercebia naquele momento. Esta cena incomodou o nosso professor que, rapidamente, se virou para se afastar dali o quanto antes, não sem que ainda tenha visto, por entre o braço direito do doutor Jorge, os olhos de Diana, vermelho-sangue, fixarem os seus, ao mesmo tempo que esta lhe dirigia um sorriso de luxúria, demoníaco, provocante e intencional.

O João fugiu dali a coxear, ou antes, a arrastar a perna esquerda, como se, de modo repentino, o estado de graça que o Cristo lhe tinha, piedosa e momentaneamente, concedido, tivesse sido consumido permanentemente. O seu lado esquerdo recomeçava a pesar-lhe, como antes.

JCP veio ao seu encontro com uma bengala na mão.

"Tome e não se perturbe com o que vê aqui dentro", disse-lhe ele, com voz tranquilizadora e entregando-lhe a bengala. "Isso faz parte da estratégia *deles* para nos perdermos definitivamente. É que alguns de nós, como você por exemplo, ainda podem escapar às *suas* garras!"

VIII

JCP tinha-lhe dito onde era o quarto de Jean Dominique e, desta vez, o João decidira ir ver o paciente de AVC que todos afirmavam ser o mais heroico e emblemático. Tinha ouvido dizer que ele fora um editor de uma revista de moda internacional e que, ao sair do coma, o seu cérebro brilhante estava perfeitamente lúcido e ainda foi capaz de ditar à sua enfermeira particular, através de um código combinado entre os dois, um livro sobre a sua experiência de confinado a um corpo que lhe permitia apenas mover o olho esquerdo para cima e para baixo. Incrível! O João curvava-se perante esta demonstração sublime da capacidade humana de comunicar com os outros, em situação tão adversa que, para o comum dos mortais, pareceria impossível.

O professor bateu à porta, antes de a entreabrir. Não houve resposta e ele, timidamente, assomou a cabeça por entre o espaço entreaberto e viu alguém deitado imóvel, com as pálpebras do olho direito suturadas e unidas e um olho esquerdo desmesuradamente aberto. Aos pés da cama, uma jovem loira, com um uniforme branco de enfermeira, sussurrava-lhe sons vocálicos, como se os recitasse.

Subitamente, esta, virou-se para a porta e, ao ver a cabeça do João, a espreitar pela porta entreaberta, disse-lhe: "Entre, professor! O Jean-Do estava à sua espera, já há algum tempo."

"Mau!", pensava o João, "o francês encarcerado também sabe quem eu sou? Cada vez mais bizarro, este sonho…"

A enfermeira levantou-se e, dirigindo-se à porta do quarto, disse ao nosso professor: "Vou deixar-vos a sós, como é desejo do Jean-Do, porque têm muito que falar os dois."

E abriu a porta e saiu.

O João sentou-se na berma da cama e pensou, enquanto olhava para a figura imóvel do paciente deitado no leito: "Como vou comunicar com o francês se ele não fala e eu não conheço o *código do olho*?"

"Não vai ser preciso, *mon ami*!", disse uma voz, dentro da sua cabeça. "Já consigo dominar bem a técnica da transmissão telepática que me foi ensinada pelos nossos captores."

"De quem estamos cativos, afinal?", perguntava mentalmente o nosso professor àquele estranho homem, que andaria nos seus quarenta anos de idade e cuja única centelha de vida era um brilho e um movimento quase frenético do seu olho esquerdo, para cima e para baixo.

"Dos nossos Vigilantes, claro", respondia a voz interior. "Desde o início dos tempos que nos acompanham no mundo terreno e no *outro*. Antigamente, chamaram-lhes deuses, depois anjos ou demónios e, nos nossos tempos, chamam-lhes *ETs*. Mas a Humanidade ainda não se habituou à ideia de haver mais de um plano de existência e procura-os insistentemente no universo conhecido, apenas no nosso plano, com o pouco sucesso que se conhece. Ignora que estes seres conseguem atravessar os diversos planos de existência quando e como querem. Controlam todos os mundos, de acordo com a vontade do Criador."

"Ó, Jean Dominique... diga-me uma coisa...", interrompeu o João, coçando a cabeça.

"Os meus amigos chamam-me Jean-Do...", rematou o outro.

"Muito bem... diga-me: como é que todos aqui parecem saber quem são e o que são estes estranhos funcionários do hospital, menos eu? Porque é que aqui o pessoal se comporta de forma bizarra e até os santos de pedra da capela falam comigo, como se fossem de carne e osso? Sabia que tenho no quarto comigo, a dormir na cama da frente, um dos maiores poetas portugueses e que viveu no século XVI, o grande Luís de Camões? Parece que só eu pertenço aqui... todos vocês me parecem deslocados não só na época como no lugar... disseram-me que o Jean-Do tinha tido um derrame cerebral, ao passar férias em Portugal, mas eu sei que isso não é verdade!"

"Pois", confirmou o outro, "o meu derrame cerebral aconteceu em França, perto de Berck-sur-Mer e não em Portugal. Mas", continuou, "todos nós fazemos parte do seu sonho: eu, o Luís Vaz, o padre Ari, o JCP, o doutor Limão, a doutora Diana, a enfermeira Wirkkala e até o lobo do seu quarto, porque você é o único de nós que ainda está vivo. De facto, está agora num coma profundo, em Portugal, num hospital da cidade de Braga. Os nossos captores vão fazer todo o possível para que não desperte deste coma. Também o mesmo aconteceu comigo, em França. Acabei por voltar, ainda que no estado que está a ver, sem me conseguir mexer. Foi uma grande crueldade do destino... ou deles, destes vigilantes. Ainda assim consegui, com a ajuda da minha enfermeira pessoal, publicar um livro sobre este meu estado de encarceramento. Passados uns dias de o livro ser editado, morri de pneumonia."

"Quer dizer, então, que faz parte do meu imaginário e que tudo isto é apenas um sonho de um comatoso?", perguntou o João.

"*Oui! Justement!*", respondeu ele.

O João levantou-se e deu-se conta de que, afinal, não precisava da bengala para se equilibrar e que até conseguia mexer bem a mão esquerda e o braço porque tudo aquilo era só um sonho. Aproximou-se da porta para sair do quarto e, quando ia para dizer adeus ao francês, ouviu a voz deste, dentro da sua cabeça: "Lembre-se de que, apesar de tudo isto ser um sonho, os Vigilantes são reais, tal como você! Não descansarão enquanto não o levarem para o submundo."

IX

QUANDO se encontrou só, no corredor vazio do hospital, sentiu um frio gélido e apressou-se a regressar ao seu quarto. Parecia que o corredor nunca mais acabava e, apesar de se sentir enérgico, mas enregelado, tinha a sensação que continuava no mesmo lugar de onde saíra.

As luzes do teto começaram então a apagar-se, uma a uma, começando na ponta oposta do corredor. Uma escuridão de breu avançava lentamente na sua direção e o João sentiu que algo de mau se aproximava, por entre as sombras. Um arfar de animal selvagem e um barulho de garras a bater no chão de pedra fizeram o professor estacar.

Em seguida, um conhecido rosnar lupino e dois olhos com um reflexo vermelho-sangue, muito brilhante, como dois pequenos faróis que o fitavam do fundo escuro do corredor mostraram-lhe que o estranho lobo, que aparecera na enfermaria numa dessas noites, estava de volta.

O João procurou fugir a este animal que o aterrorizava neste seu pesadelo e a única saída que encontrou foi o gabinete da doutora Diana que estava ali mesmo, do seu lado esquerdo e nem se tinha apercebido disso.

Bateu à porta e experimentou o trinco. Estava aberta e não havia ninguém dentro do gabinete. A luz estava apagada.

O João entrou rapidamente, acendeu a luz e fechou a porta, trancando-a por dentro. Sentou-se na cadeira, junto da secretária da médica, de frente para a porta e aguardou.

Por cima da ombreira da porta havia uma pequena janela que dava para o corredor e, através dela, o João viu a escuridão chegar também até ali. Ouviu com mais nitidez o rosnar da fera, junto à porta. Escutou, ainda, um uivo lancinante, mesmo do outro lado, acompanhado de um arranhar de garras na madeira da porta.

O João, com o coração aos pulos, centrou a sua atenção no manípulo da porta. Tinha-o trancado por dentro. Seria o suficiente para manter a fera do lado de fora?

Apavorado, viu o puxador começar a rodar lentamente como se uma mão humana estivesse a experimentar abri-lo.

Pensou que talvez fosse a enfermeira, também a fugir ao lobo.

"Enfermeira, é você?", perguntou em voz alta, na direção da porta.

O puxador deixou, logo de seguida, de rodar e, agora, nem o mínimo ruído se ouvia. O silêncio era incomodativo, porque o nosso professor não fazia ideia se o animal se tinha afastado ou se esperava pacientemente, embrulhado na escuridão, que ele abrisse a porta para o atacar.

Como era apenas um sonho, decidiu abrir a porta e enfrentar a fera, mas mal assomou a cabeça do outro lado viu que as luzes estavam ligadas novamente e, do lobo, nem sinal. Era a prova de que o lobo só existia na sua imaginação.

Chegou ao seu quarto e ali estava Luís Vaz, na sua postura habitual. Este levantou os olhos do caderno onde escrevia, olhou para o João e disse-lhe, como se estivesse a dar uma aula: "O lobo que tanto o aterroriza simboliza o mal-estar da sua relação conjugal. Não tenha medo dele, não lhe fará mal, por agora, ou seja, não mais do que já lhe fez."

"Não sei se quero despertar deste coma", declarou com voz lúgubre o João, com um semblante carregado, com uma tristeza profunda no rosto, que até fez o Luís Vaz pousar a caneta e parar de escrever.

"E porque não?", perguntou o escritor. "Se lhe for dada uma segunda oportunidade, porque não a aproveita?"

"Acho que a minha mulher está a contar com a minha morte para se libertar e fazer a vida que sempre quis. Se eu voltar, vou atrapalhar. Os meus filhos, esses já estão bem sem mim. Têm os seus amigos e o seu mundo e, sinceramente, sinto que estou a mais. Quando os convido para ir jogar à bola, sinto que o fazem só para não me contrariarem. A minha filha, com o seu telemóvel e com o computador, já quase nem fala comigo. Sou um perfeito estranho para todos eles. Pensando bem, não tenho nenhum objetivo para continuar a viver. Vou dizer à doutora para me levar. Acho que estou pronto. Já nada me prende ao mundo, pelo menos nada de importante, que eu saiba…"

"Olhe! Tenho algo aqui comigo que gostaria de lhe oferecer e que faço questão que me prometa que irá ter sempre consigo. Foi um amigo da cidade milenar de Mohenjo Daro, no Paquistão, quem mo deu", disse o Luís Vaz, enquanto retirava um objeto de dentro de uma gaveta da sua mesa de cabeceira. "É seu, agora. Guarde-o junto ao peito. Irá protegê-lo muito em breve". E colocou-lhe nas mãos um punhal cravejado de pedras preciosas.

"Não posso aceitar um objeto tão… tão valioso!", gaguejou o professor.

"Ora, não preciso dele para nada, aqui. De facto, eu nem sequer estou aqui, na realidade!"

E colocou o punhal, que pendia de uma corrente dourada,

ao pescoço do professor. Assim que o objeto tocou na sua pele do peito, as pedras preciosas no cabo começaram a brilhar intensamente e o João sentiu um alívio interior como já há muito tempo não sentia. Como se, inesperadamente, saísse um peso de uma tonelada de cima do seu peito. Parecia que respirava agora, livremente, pela primeira vez.

Aproximou-se lentamente da janela do quarto, aquela que o Luís Vaz designava como sendo o *Oráculo do Futuro*.

Inexplicavelmente, foi como se a janela se desembaciasse num instante e o João pudesse ver lá para fora com uma transparência tal que parecia não haver janela. De facto, nem a vista habitual do parque de estacionamento lhe aparecia à sua frente. Era, antes, aquilo que... sim, ele reconhecia o local! Era a sua sala de aulas, lá na escola onde ensinava, o mesmo quadro de lousa esverdeada. A sua secretária e um homem de braço esquerdo metido num *sling* a arrumar com a mão direita uma pasta, a sua pasta...

O João reconhecia aquela silhueta familiar: era ele próprio, no futuro. Uns alunos, de idade pré-adolescente entraram na sala, chegaram-se ao professor e abraçaram-no, dizendo: "Obrigado, professor!"

O João reconhecia que, afinal, ainda iriam precisar dele, no futuro. Era por isso que ainda não estava pronto para descer ao submundo. A doutora iria ter de esperar...

O Luís Vaz, que se tinha levantado da borda da cama onde habitualmente se sentava e pousado o caderno e a caneta que, pela primeira vez, pareciam ter perdido o interesse para ele, acercou-se do professor João e pousou-lhe paternalmente a mão sobre o ombro direito, dizendo-lhe: "Sabe, João, há algo em nós de muito importante, chamemos-lhe até de *divino*, formado da própria substância de quem nos chamou à vida. Um dos inúmeros mentores que encontrei na Índia contava-me que houve um tempo em que a humanidade era poderosa e una com o Criador, mas que aos poucos foi usando indevida e pecaminosamente os seus poderes *divinos*. Então, Brahma, o pai dos deuses, descontente com a atitude humana, decidiu retirar ao Homem a força divina e escondê-la onde jamais pudesse ser encontrada. Pediu o conselho dos seus adjuntos entre os deuses e estes, um a um, foram fazendo as suas sugestões: 'Vamos enterrar a força divina bem fundo na terra', dizia um. Brahma respondeu: 'Não, que o Homem poderá escavar a terra e descobri-la'. 'Vamos colocá-la no mais fundo dos oceanos', dizia outro. Brahma respondeu: 'Não, que o Homem irá aprender a mergulhar e, eventualmente, acabar por a encontrar, algum dia.' Dizia, ainda outro: 'Vamos escondê-la na mais alta montanha!' Brahma, de novo, discordou e concluiu: 'O Homem é capaz de escalar qualquer montanha. Tenho um lugar melhor: vamos esconder a Força Divina no próprio Homem. Aí, ele nunca pensará em procurar!'"

X

A ENFERMEIRA Wirkkala entrou, subitamente, no quarto e disse, secamente, ao professor João: "Professor, tem aqui uma visita para si."

"Visita?", pensou o João. "Mas, também tenho visitas no meu sonho? Curioso! E quem me visitará, neste limbo?"

O rosto de quem espreitou no quarto da enfermaria do serviço de Neurologia do hospital não era, de todo, esperado naquele local. O Celestino? Essa agora! Mas ele morreu! Não havia muito tempo...

O Celestino Borges era um colega de Educação Visual do professor João, recentemente falecido com um problema cardíaco originado pela remoção de um pulmão que estaria minado pelo cancro.

O João e o Celestino, mais do que colegas de profissão, eram bons amigos. Estiveram juntos na gestão do agrupamento de escolas onde pertenciam e lecionavam, e foi um verdadeiro choque a notícia da morte de um colega tão estimado por todos, como era o Celestino.

Mas, agora, ali estava ele e parecia que vendia saúde... o João não se surpreendeu porque sabia que toda esta estranha experiência era, na realidade, um sonho, um sonho de um comatoso que o mais certo era não acordar para contar a história.

"Parece que precisas de mim e dos meus conselhos", começou o colega do João.

"Estás com um aspeto rejuvenescido, Celestino. Ninguém diria que estás morto, há uns meses", replicou o João, abraçando-o.

"De facto, pareces mais morto do que eu...", observou o Celestino, mirando o João de alto a baixo, "...e vendo-te, assim, tão envelhecido, reconheço que o José Gomes Ferreira tinha razão quando escrevia '*viver sempre também cansa*'. A razão da minha visita, porque *eles* mo pediram e autorizaram, tem justamente a ver com o que acabei de te dizer", continuou o Celestino, num tom algo frio e distante, bem diferente do tom afável que o João reconhecia na voz do amigo, quando este era vivo. "O que esperas tu, ainda, da vida? Achas que, nesse estado, vais poder viver uma vida *normal*? A tua mulher e os teus filhos já te consideram morto e estão prontos para um futuro sem ti... O quê? A escola? Deixa passar uns tempos e ninguém se lembrará mais de ti, colegas, alunos, seja quem for... outro se encarregará de preencher o teu lugar, nas mentes e nos corações. É tempo de descansares, de *encostares à box*, como eu costumava dizer em vida. As mulheres vão olhar para ti como um coitado e nenhuma, no seu perfeito juízo, quererá alguma coisa com um *aleijado* como tu. Portanto, esquece o Amor. O que te resta? Mais problemas para resolver, financeiros, de saúde, enfim sacrifícios intermináveis para chegares ao mesmo desfecho: a morte. Achas que vale a pena? Nunca serás compreendido, nunca! Isso te garanto! Serás sempre considerado como alguém por quem se sente comiseração. Apenas uma *carga de trabalhos*. Diz-me, achas que isso vale o sacrifício de continuar a viver?"

O João não tinha, de facto, resposta para este discurso do seu colega e amigo porque, na realidade, era o que ele próprio pensava sobre si mesmo e sobre o futuro que ainda poderia esperar. Sentia-se como uma marioneta de Deus ou do destino, alguém a quem fora roubada a identidade e a razão de viver. O que poderia, agora, esperar da vida? O Celestino tinha razão.

Mas, a sua maior tristeza vinha do facto de saber que não era o Celestino que ali estava, nem, aliás, nenhum outro dos intervenientes neste sonho. Era, apenas, ele próprio a autoanalisar-se, embrenhado num coma, causado pelo derrame cerebral que sofrera. Era ele a julgar-se pela vida que levara, sem ter grande noção do que fizera de mal ou de bem, onde errara e o que deveria ter feito, mesmo sem ter consciência plena do que fazia. Sentia-se abusado, porque ninguém o prevenira para uma situação destas. O que esperavam dele? Que queriam que ele fizesse? E como iria ele viver, agora? Com o lado esquerdo paralisado, um pouco como o francês, aprisionado num corpo inválido, sem graça nenhuma, sem nada de interessante que fizesse com que as pessoas à sua volta sentissem algo mais do que pena... Que pretendia o Criador afinal? Gozar ainda mais com o seu estado físico e psicológico? O Celestino tinha razão!

"Quem são *eles*, Celestino?", perguntava-lhe o João, embora achando saber a resposta.

"Eles, quem?", retorquia o colega, sorrindo com alguma ironia.

"Ora, estes Anunnaki..."

"Criaram-nos e, com a mesma facilidade, nos destruirão. Contudo, ao fazerem-nos, utilizaram o seu próprio ADN e, concederam-nos, pois, algo de imortal, de imperecível: a alma. Essa forma de energia tem de regressar à fonte para se renovar, caso contrário, serão eles a deixar de existir. Nós somos parte da energia que os mantém vivos e capazes de viajar entre dimensões, capazes até de comunicar com a entidade que criou a primeira chama da vida – essa forma pura de energia a que chamamos Deus. Viajam imunes ao tempo, às radiações cósmicas e às leis da física que conhecemos, usando as estrelas como portais. Sim, o nosso Sol é um desses portais pelo qual acedem ao nosso sistema solar. Criaram-nos aqui na Terra e criaram todas as condições para o planeta albergar e manter a vida, ainda que enfrentando condições adversas por calamidades naturais e até conflitos entre nós e outras espécies, envolvendo armas de destruição maciça já no passado remoto. No passado, já fomos também uma civilização global extremamente avançada. Colonizámos o nosso sistema solar e estabelecemos contactos com outras civilizações no espaço, nos sistemas mais próximos. Envolvemo-nos até em guerras com algumas delas, mas foi um cataclismo natural que nos fez regredir e recomeçar do zero. Uma mudança nos polos magnéticos da Terra e a consequente transformação violenta dos oceanos e continentes tornou impossível a vida no planeta, exceto a uns poucos *eleitos*, escolhidos por *eles*, que acabaram por repovoar o nosso mundo. Tem sido cíclica essa transformação e aconteceu diversas vezes, desde que *eles* vieram para cá. Alguns de nós, da primeira Terra, andam espalhados por sistemas relativamente próximos, a alguns anos-luz. Encontraram planetas capazes de sustentar vida e estabeleceram-se por lá. Já nos visitaram e tentaram avisar-nos, mas nós nunca os conseguimos entender. É que nunca imaginámos um passado diferente aqui na Terra onde eles tivessem lugar. Platão falava dos Atlantes e da Atlântida, mas todos acharam que era mitologia... Voltando a ti, nunca teremos aqui uma vida fácil. Somos os descendentes dos *anjos caídos*, aqueles que se revoltaram contra Deus. Somos o que resta dos abandonados por Deus neste planeta belo, mas cheio de infortúnios, obstáculos, doenças, guerras, fomes, catástrofes naturais e a nossa própria consciência que nos faz constantemente infelizes, porque achamos que poderíamos sempre ser melhores....Quando a *doutora* te mandar chamar não lhe resistas. Deixa-te ir. Ela é Ereshkigal, a deusa da Morte. É um assombro de mulher, bela, uma deusa do sexo! Vais ver que é uma libertadora... vai fazer-te sair desta prisão que é a vida!"

Pela forma como Celestino enfatizara os atributos físicos da doutora Diana, quis parecer ao nosso professor que, de alguma forma, o seu colega tivera oportunidade de dar à doutora o mesmo tratamento que o doutor Limão, mas não conseguia explicar como e por que razão sentia isso.

O João olhava, agora, através da janela-oráculo e via, mais uma vez, no parque de estacionamento, tudo coberto com um manto branco de neve. Pessoas vestidas de peles de animais movimentavam-se penosamente através daquela brancura resplandecente. Pareciam *Neandertais*, barbudos os homens, e com melenas compridas e desgrenhadas as mulheres que os seguiam. Guinchavam como animais selvagens e apontavam para uma luz ofuscante que descia sobre eles de um céu muito azul e brilhante.

"E o que significa isto, Celestino?", perguntou o João, apontando para a janela e olhando, em volta, à procura do seu colega. Mas, onde se metera ele?

XI

RESOLVEU levantar-se da cadeira de rodas, pegar no seu andarilho e procurar o amigo no corredor. De facto, ao sair do quarto, vislumbrou a silhueta do falecido colega a esgueirar-se para o interior de um…elevador. Elevador? João já tinha, por diversas vezes, percorrido aquele corredor e era a primeira vez que notava a existência, também ali, de um elevador no fundo do corredor. Arrastou-se até ao fundo do mesmo, o qual parecia tornar-se cada vez mais longo e a porta do elevador afigurava-se cada vez mais distante. Ouvia a campainha a tocar, cada vez que o elevador chegava a um andar diferente, como se estivesse colada ao seu ouvido. Um, dois, três, quatro, cinco toques.

O Celestino descera e o João sabia-o porque uma grande seta luminosa na parede por cima da porta indicava a direção que tomara o elevador. Quando chegou, a porta do elevador abriu-se, como se estivesse à sua espera. O João entrou e viu, por cima do painel de botões, uma mensagem de cor vermelho-sangue que dizia: *Vós que aqui entrais, abandonai toda a esperança.*

O professor olhou para os botões do painel e viu nove botões. Ia carregar num à sorte, para ver onde ia dar, quando o botão do piso dois se iluminou e a porta do elevador fechou. O João começou a sentir o elevador a descer. Ouviu a campainha que soou ao chegar e, quando a porta se abriu, viu, com surpresa, que se encontrava no exterior, mas não reconheceu o lugar e a luz do dia era algo sombria e avermelhada. Um vento frio soprava forte e o João teve consciência de que estava de pijama e que não deveria estar cá fora, no exterior do hospital, em trajes menores, mas logo depois lembrou-se que aquilo não era a realidade, que ele estava em coma e que era apenas um sonho. Era estranho estar inconsciente no mundo real e ter, em simultâneo, consciência de que estava a viver a ilusão de um sonho, fruto de um estado de coma. Procurava voltar para o elevador, mas parecia que andava às voltas sem encontrar o caminho. Onde ficava a porta do elevador? Começava a sentir-se desanimado e sem qualquer esperança. Seria daquele lugar estranho? Era tudo tão irreal, mas ao mesmo tempo tão autêntico. Chegara, mais uma vez, à suposta porta do hospital de onde tinha saído e procurava, de novo, a porta do elevador, quando um vulto encapuzado com uma voz feminina, gelada e acre, lhe barrou o caminho e perguntou: "O que está aqui a fazer, João? Volte para o seu quarto que ainda não chegou a sua hora!"

"E a senhora, quem é?", perguntou o professor, arrepiando-se ao sentir que era óbvia a resposta.

"Venha comigo!", respondeu ela, ignorando a pergunta do seu interlocutor.

De súbito, estacou e, olhando para a esquerda, exclamou: "Olha, aquele também está no círculo errado!..."

O João virou os olhos na mesma direção e viu um centauro, sim, essa criatura mitológica, correndo como se fugisse de algo. E o que fazia ela no seu sonho? O que significaria?

"Acalme-se, professor! Este não é o seu sonho. É o sonho de um italiano que nem sequer é do seu tempo!"

"E a senhora, afinal, quem é?", perguntava João ligeiramente irritado e surpreendido pela sua própria e inabitual indelicadeza.

"Ora, professor", respondeu-lhe a figura encapuzada, virando-se para o seu interlocutor, não deixando este adivinhar sequer os contornos do seu rosto e mostrando, apenas, dentro do capuz, um vazio negro profundo. "Sou a sua melhor amiga neste momento!"

E, ao dizer isto, materializou-se na sua frente a odiosa cadeira de rodas que bem conhecia e, sem saber como, foi empurrado numa velocidade vertiginosa até ao famigerado elevador de que andara, em vão, à procura.

Enquanto subiam, no elevador, para o piso do hospital em que ficava a enfermaria onde o professor pertencia, este tentava perscrutar o rosto no interior do capuz que a sua interlocutora não retirava, deixando-o, como tal, bastante curioso.

"Tu és... a Morte?", perguntou, com alguma dificuldade.

"Olhe lá, professor... Eu disse-lhe que era a sua melhor amiga, mas acho um bocado prematuro começar a tratar-me por tu..." E, de dentro do capuz, veio um pequeno gargalhar irónico e até provocador.

Após um breve minuto de silêncio, em que o João notou que o elevador subia muito mais devagar do que descera, e se preparava para perguntar à sua interlocutora que local era aquele de onde tinham vindo, ouviu-a perguntar-lhe: "Professor, você, ao menos, faz ideia de quem é a mãe dos seus filhos?"

"Quem, a Lurdes?", replicou o professor, inocentemente.

"Oh, Deus!", murmurou a figura sinistra, "porque os fizeste tão ingénuos?"

O João percebia que aquela criatura encapuzada lhe queria dizer que a realidade que tinha vivido até esse momento era tão estranha quanto o sonho de comatoso que estava a ter.

Dentro do elevador, enquanto subiam, a figura encapuzada, como se fizesse uma confidência ao seu melhor amigo, disse com voz adocicada: "Olhe, professor! Não lhe devia dizer isto, mas como o Criador me deu a oportunidade de lhe aparecer como apenas uma criatura fruto da sua imaginação, acho que posso e devo. Toda a Humanidade e toda a criação do seu e de outros mundos da dimensão a que pertence são… como posso explicar de forma a que perceba? Olhe, são máquinas biológicas. Ou seja, peças de mecanismo sofisticado construídas, não a partir de materiais primitivos, mas de componentes capazes de compor matéria biológica, capazes de evoluir e adaptar-se ao meio que os rodeia. O ADN não é mais do que a programação sofisticada das entidades que vos criaram, que, também, elas próprias, são máquinas biológicas sofisticadas de outra dimensão. Um dia, vós próprios ireis criar maquinismos artificiais sofisticados, capazes de interagir convosco de uma forma natural e que também evoluirão para uma existência superior, podendo inclusive, fazer-vos frente e lutar pela sua existência, caso encontrem motivo para tal.

"O Criador é energia pura, intemporal, eterna, omnisciente. Como máquinas biológicas que sois, custa-vos entender o Criador, porque a sua natureza transcende tudo o que conheceis e, posso garantir-lhe, professor, que aquilo que conheceis é, ainda, bem pouco.

"A vossa própria existência sobre este planeta que é, de certa forma, também peça de um universo virtual, obra do nosso Criador, encerra muitos mais segredos do que podereis imaginar. Ireis, no futuro, descobrir que a Humanidade é muito mais antiga do que os vossos estudiosos pensam. Isso da evolução das espécies não é assim tão linear como vos fazem acreditar. Não faltará muito para irem percebendo e encontrando as peças do *puzzle* que, depois de completo, vos mostrará um universo muito mais extraordinário do que aquele que, até agora, vos foi permitido conhecer."

"Minha senhora!", interrompeu o professor, "porque me conta tudo isso?"

"Apesar de fazer parte do seu sonho de comatoso, professor", continuou a figura encapuzada, "sou tão real quanto você. Não creio que tenha sido por acaso que temos a oportunidade de conversarmos como amigos, como iguais. Por isso, sabendo que ainda não chegou o seu momento de deixar o mundo que conhece, a responsabilidade de lhe mostrar a si, formador de mentes e educador da sua espécie, em que realidade vive, de facto, tornou-se um dever para mim... Diga, por favor, aos seus discípulos, que enquanto qualquer vantagem ou descoberta for equacionada segundo a questão: *como é que esta novidade me vai beneficiar?*, em vez de: *como é que esta novidade vai beneficiar toda a Humanidade?*, vós estareis perdidos. A vossa força vem da vossa união! Sei que, por lhe estar a dizer isto, serei julgada e até castigada, mas creio que este é o meu dever... Em relação a si, professor, na realidade, o mais difícil de suportar, no mundo onde vive, é a solidão. Prepare-se, porque vai ser com ela que irá confrontar-se até ao final dos seus dias. De resto, o mundo de que faz parte é uma existência de provações, aperfeiçoamento através do erro. Tal e qual os andares que são servidos pelo elevador onde nos encontramos, que são lugares de expiação desses erros, chamemos-lhes *pecados*, quanto mais abaixo, mais vezes será preciso regressar a esta existência e continuar o caminho da purificação. Chamemos, a esse exercício, *reencarnação.*"

Quando chegaram ao piso do hospital onde se situava o quarto do nosso amigo, o vulto encapuzado despediu-se, dizendo: "Professor, agora que o deixo onde pertence, digo-lhe até breve, porque, inevitavelmente, encontrar-se-á comigo quando for o seu momento. Para mim, o tempo de uma vida é apenas um instante muito breve. Sei que todo o ser vivente, criado neste universo, terá de se encontrar comigo em algum momento da sua existência. É uma certeza absoluta. Só se fosse eterno, faltaria a esse encontro. Aguardo, ansiosamente, pelo último de todos para ter, enfim, descanso absoluto. Acho que também mereço, incansável que tenho sido, ao longo de todos os tempos."

Dito isto, rodou sobre si mesma e afastou-se, como se flutuasse pelo corredor do hospital.

O João viu-a afastar-se e percebeu que ainda não havia chegado a sua hora, mas que tinha tido o privilégio de conhecer os bastidores da morte e que os desígnios do seu Criador eram insondáveis. Porém, sentia que toda esta complexidade fazia sentido, ainda que a não conseguisse explicar.

XII

JOÃO entrou no seu quarto e verificou que estava só. O seu companheiro de quarto não estava sentado, como de costume, na borda da cama a escrever. O nosso herói estranhou, porque era a primeira vez que se via completamente só naquele quarto de enfermaria. Não precisou de esperar muito tempo quando, à porta do quarto assomou, agora, a cabeça da enfermeira Wirkkala que, como de costume, de uma forma seca e distante, anunciou: "Professor, está na hora da consulta com a doutora Diana!"

"Ó enfermeira, onde foi a senhora que ainda agora aqui estava a conversar comigo?"

"Qual senhora?! O professor está aqui sentado a olhar para a porta há mais de uma hora, mas tem estado sozinho desde que o seu colega se foi embora!"

Sozinho durante mais de uma hora? O João perdera por completo a noção do tempo, ou talvez não. E, isso do tempo, fazia algum sentido no sonho de um comatoso? O que é o tempo, afinal? Será que ele existe de facto ou apenas usamos essa noção de tempo para medir a realidade que os nossos sentidos percebem?

O João era, mais uma vez, empurrado na sua cadeira de rodas, através dos corredores do velho hospital. Sentia que chegara a sua hora. Achava-se pronto para receber a Morte. Afinal, vida é sinónimo de sofrimento, portanto... venha a morte!

Quando chegou ao gabinete da doutora Diana, o João sentia-se agoniado, como habitualmente, quando o deslocavam na cadeira de rodas em *velocidade de cruzeiro*, como lhe chamava o professor.

A doutora estava de costas, de bata branca e, como de costume, de calças de ganga justas, por debaixo, e com aquele desejável *corpinho de sereia*.

O João, sentado na cadeira de rodas, não dava, nesse momento, nenhuma atenção às formas graciosas do corpo da médica, antes estava na expetativa do que esta lhe iria dizer ou fazer.

O aparente silêncio dela e o facto de estar de costas para o nosso professor já não prenunciavam nada de bom, na sua perspetiva. Ele pressentia que, agora, seria um momento de revelação.

Afinal, o que estava a doutora Diana a fazer, virada de costas para ele?

De súbito, rodou sobre si mesma e enfrentou-o. Mas, não era a doutora Diana... Quer dizer, o corpo era o da doutora mas o rosto era o da sua mulher, Lurdes! Depois, o rosto alterou-se e, como se estivesse em câmara lenta, as feições transformaram-se nas da auxiliar que lhe dera banho no hospital pela primeira vez, aquela ruiva de olhos verdes de quem o João nunca soubera o nome.

"Na última vez que falei com o Criador", começou ela, "há vários milénios do teu tempo, eu fui escolhida para ser o elemento de discórdia, aquela que faria com que duvidásseis de vós mesmos, como espécie. Semeando o terror, dividindo e criando discórdia entre vós, desde o começo dos tempos que a minha missão tem sido mostrar ao Criador o quão insensata e estúpida é a vossa criação. Inicialmente, só éreis úteis para trabalhar e servir, mas o cruzamento genético entre nós, raça superior, e vós, criaturas pouco mais que animais, surgidos numa natureza multifacetada e resistente às mais adversas condições de vida, fez com que vos tornásseis em sérios rivais da minha espécie. De tal forma que o Grande Arquiteto resolveu interceder por vós, contra os seus preferidos. Inconcebível! Não iríamos tolerar isso, nem ao nosso Criador! Fomos castigados pela nossa rebelião e desafiados para que, até que a vossa espécie chegue ao nível tecnológico e espiritual da nossa, vos mostreis indignos da proteção e dos favores do Criador! Começastes bem, sucumbindo aos vícios e à luxúria e crucificando quem vos falou de sentimentos puros, amor e igualdade. Fizestes sempre guerras uns aos outros pelos mais baixos motivos: cobiça, ganância e discriminação. A nossa esperança é que vos extermineis, eventualmente, e essa é a melhor demonstração de baixeza e indignidade que poderíeis dar! Não faltará muito para que tal aconteça, mas o número de almas perdidas que juntámos já deveriam ser mais que suficientes para demonstrar o nosso ponto de vista: que vós sois uma aberração e a vossa existência constitui uma afronta aos seres superiores do universo... Fui conhecida no teu mundo há dezenas de milhares de anos pelo nome de Ereshkigal e os humanos consideraram-me a deusa da morte." E dizendo isto, o seu rosto alterava-se, novamente, com os seus olhos a brilharem como focos vermelho-sangue... Também fui muitos dos terrores que povoaram os vossos pesadelos. Fui o lobo Fenrir, da mitologia nórdica." E, ao dizer isto, começou a transformar-se no lobo dos pesadelos do professor. "E venho reclamar a tua alma, finalmente!", rugiu, colocando os seus braços de fera à volta do corpo do pobre homem, apertando-o como um torniquete.

O João, estranhamente, sentiu uma enorme tranquilidade e paz e estava disposto a deixar que a deusa o levasse ou matasse. No entanto, uma luz forte saiu do seu peito, surpreendendo-o a ele e ao lobo-deusa. A mão esquerda paralisada de João, como se tivesse vida própria, pegou no objeto que se iluminava no seu peito—o punhal oferecido pelo seu colega de quarto. Com um movimento rápido, a sua mão esquerda virou a lâmina do punhal para cima e cravou-a na garganta do lobo, apanhando o monstro completamente desprevenido. Este expirou, com uma expressão nítida de surpresa que transparecia dos seus olhos de fera e o vermelho intenso das pupilas também se extinguiu, como se tivesse sido subitamente desligado de uma qualquer fonte de energia.

A porta do gabinete da doutora abriu-se com violência e por ela acorreram Luís Vaz e JCP que retiraram o lobo de cima do professor que, entretanto, se encaixara no assento da cadeira de rodas, vergado ao peso daquele monstro. Estranhamente, ao levantarem com algum custo o animal, este começou a esfumar-se, num fumo muito negro que se escapou rapidamente pelo teto.

Uma luz intensa vinha, agora, da porta do gabinete e, do meio dessa luz, surgiu a figura do Cristo do painel da capela do hospital que, dirigindo-se ao João, lhe disse, naquela voz suave e aveludada que este já havia escutado durante a anterior visita à pequena igreja: "Levanta-te e vem comigo, que tenho outros planos para ti!"

O João ergueu-se e, sem qualquer dificuldade de locomoção, seguiu, em passo firme, aquela figura resplandecente, sentindo que, em vez de andar, flutuava no ar.

Entretanto, o Luís Vaz perguntava ao JCP, com um ar triunfante: "Então, Zé, fiz bem ou não fiz em lhe dar o punhal?"

O José Cardoso Pires, com um sorriso vitorioso, aquiescia, dando-lhe uma pequena palmada nas costas: "Fizeste, pois, Luís!"

O João atravessava os corredores do hospital em câmara lenta, seguindo o Cristo, como se flutuasse.

Passou à porta do quarto do Jean Dominique que estava no umbral, do lado de fora, numa cadeira de rodas, acompanhado pela sua enfermeira loira. O seu olho esquerdo, desmedidamente aberto, fixava o professor e este ouviu ressoarem, dentro da sua cabeça, as palavras *"bonne chance, mon ami"*.

Ainda escutou, já distante, a enfermeira loira perguntar, com alguma irritação na voz, ao seu paciente exclusivo: *"Écrire sur tes rêves?! Mais, t'es dingue, Jean-Do?"* [3]

Quando entraram na capela, os santos do altar viraram-se, um a um, na direção do Cristo seguido pelo João e, separadamente, desejaram a este último boa sorte. O João ainda virou a cabeça para o lado direito do altar esperando ver sair o padre Ari de um recanto qualquer, mas tal não aconteceu. O Cristo pegou na mão de João e ambos avançaram na direção do quadro do altar. Poder-se-ia, agora, ver que o quadro continha um novo elemento. Para além do Cristo glorioso que ascendia aos céus, via-se, ao fundo, a silhueta de um homem que caminhava em direção a um edifício estranhamente parecido com o hospital onde se encontrava, numa cidade que lembrava, vagamente, Jerusalém, com o seu domo doirado e longa muralha. Um brilho intenso emanava do fresco, de tal forma

---

3   Escrever sobre os teus sonhos? Mas, estás maluco, Jean-Do?

que enchia o recanto circular da área do altar.

Eram oito da manhã quando a Lurdes recebeu uma chamada do hospital, no seu telemóvel. Informavam-na que o seu marido havia saído do coma em que se encontrava e que já poderia receber visitas, a partir dessa tarde.

Embora se tivesse estado a preparar para receber a notícia da morte deste, desde que o seu estado piorara no hospital, e começado a planear as primeiras decisões a tomar quando se visse irremediavelmente sozinha com os filhos, a novidade trouxe-lhe à mente o que o seu amante, um fulano que se autointitulava mestre de Reiki, um tipo com uma fisionomia muito parecida com a do doutor Jorge Limão, lhe dissera na última sessão, no final do dia anterior: "A vidência mostrou-me, minha querida, que o teu marido vai voltar do coma e, provavelmente, quererá reatar a relação entre vocês."

Dizia-lhe isto, enquanto lhe segurava, ternamente, na mão.

A Lurdes tentava planear as coisas que faria se esse cenário acontecesse, pois estava segura de que o futuro dela não passaria certamente por continuar a ser a esposa do professor João.

Já andara a preparar os filhos para a eventualidade de ir viver com outro homem ainda antes do que acontecera ao pai deles. Se acaso, o João escapasse à morte, ficaria com ele até que providenciasse alguém para tomar conta daquele que previa vir a ser um deficiente totalmente dependente e com algum dano cerebral irreversível que não lhe permitisse ter uma vida profissional e familiar normal.

Aí, retomaria a sua liberdade e poderia, assim, discretamente, juntar-se ao homem que agora amava. Fazia-o sem problemas de consciência, dizendo para si mesma que não era este acontecimento inesperado que iria alterar os planos que tinha em mente já muito antes do acidente vascular cerebral do marido.

As crianças já eram grandes, a custódia seria dividida entre os dois. Adaptar-se-iam a esta nova realidade, que remédio tinham senão fazerem-no! Os sonhos dela estavam em primeiro lugar.

Quando tivesse possibilidade, separar-se-ia dele. E, ao chegar, mentalmente, a esta última decisão, os seus olhos brilharam como luzes vermelho-sangue e o seu rosto tornou-se lupino como se, de repente, já não fosse humana, mas sim a encarnação do lobo Fenrir.

FIM

TU NÃO ÉS A MINHA MÃE

I

"ORA, Rosa. A viver com aquele traste durante quase oito anos e faz-me uma destas? Se eu lhe ponho as mãos em cima, desfaço-o!"

A Adelaide irrompeu num choro frenético, soluçando pateticamente e deitando a cabeça no ombro da sua amiga. A Rosa, sem saber como a consolar, dava-lhe pequenas palmadinhas no ombro.

"Homens há muitos", dizia-lhe ela. "Deixa, que hás de encontrar quem te mereça. Não tens filhos, logo não tens nada que te prenda a esse canalha. Ficas melhor assim, vais ver!"

Um sentimento insuportável de rejeição dominava a Adelaide, impedindo-a de ter uma vida normal, de se sentir motivada para ir trabalhar e sem vontade de se alimentar ou sequer levantar da cama. A amiga e colega do escritório, a Rosa, viera passar o dia com ela, pois sabia que se não a levasse ao médico, a amiga não teria ânimo para o fazer sozinha e, sem a baixa médica para justificar as faltas no trabalho, ainda se arriscava a ser despedida. Como tal, fê-la sair da cama, tomar um duche e vestir-se para ir ao médico. A consulta estava marcada para a tarde, logo a seguir à hora de almoço. Tinham, ainda, tempo para ir até ao parque, conversar, almoçar por perto e, depois, apanhar o autocarro até ao consultório da médica de família. Sentadas num banco de jardim, a Rosa fazia todos os possíveis para animar a amiga que lhe confessou que um dos seus maiores pesadelos era ficar sozinha. Ficara órfã de pai e mãe ainda não tinha atingido a idade adulta. Encontrara o Joaquim num curso de formação de cinquenta e duas horas, no qual fora inscrita pelo patrão, um pouco contra a sua vontade, pois as sessões tinham lugar aos sábados e começavam às nove da manhã e ela gostava de dormir, no fim de semana, até um pouco mais tarde, já que nos outros dias da semana, às oito e trinta, estava no escritório. O patrão dizia que ela precisava de mais conhecimento. Ela tinha uma ou outra vez feito asneira ao lançar dados na plataforma. Mas isso podia acontecer a qualquer um. A Adelaide achava que o patrão embirrava com ela porque, no início, ele tinha feito uns avanços que ela, simplesmente, bloqueara. O patrão que se ocupasse da esposa e dos filhos e que a deixasse em paz. Mas, voltemos ao Joaquim.

O Joaquim era o formador e olhara para ela de uma forma que esta considerou tão estranha que a deixara desconfortável e a pensar que vinha mal-vestida ou, então, que trazia alguma remela no canto do olho. Acabou por, no primeiro intervalo, ir até à casa de banho, mirar-se ao espelho, para descortinar o que estava errado em si para ter causado aquele olhar estranho no seu formador. Mirou-se e remirou-se e achou-se elegante, bonita e bem-vestida e verificou que a sua cara estava limpinha e brilhante. Não sabia ela, ainda, que o Joaquim era um mulherengo e que tentara, à vista de uma jovem mulher atraente, como era a Adelaide, lançar-lhe um *olhar fatal* que ele, na sua ingénua imbecilidade, acreditava que o tornava irresistível perante o sexo oposto. Na realidade, afugentava as mulheres mais do que as atraía. Foi só quando ele se tornou mais natural e menos *engatatão* que Adelaide começou a gostar dele e houve aproximação entre os dois. A relação entre eles começara pouco tempo antes de terminar a formação e não demorou muito para irem viver juntos para o apartamento dela. O Joaquim foi, durante os primeiros meses, atencioso e galante, deixando Adelaide maravilhada com aquele namorado que parecia, finalmente, estar à altura dos seus anseios e fazendo-a acreditar que tinha encontrado o homem com o qual gostaria de criar uma família, enfim, ter filhos, educá-los, vê-los crescer, casar e, depois, criar os netos e, por último, dar por encerrada a sua experiência de vida nesta Terra, grata a Deus pela vida preenchida de amor. Não poderia estar mais enganada! O seu *mais que tudo*, a pretexto de que iria fazer uma formação na área da educação de adultos em Lisboa que duraria dois ou três dias, metera-se, em vez disso, num avião da TAP e fora passar esses dias, com uma aluna do curso profissional que lecionava, a Londres, de onde ainda não tinha regressado, embora já tivessem passado duas semanas. Perdera-o de vez, não havia dúvidas, para outra mulher mais jovem que ela e, provavelmente, mais bonita. Era isso que dizia à sua amiga Rosa quando saiu do consultório médico, com uma mão cheia de prescrições de exames variados para fazer o quanto antes e regressar ao consultório na data agendada para a doutora lhe prescrever os medicamentos necessários. Trazia, também, a baixa médica que a sua amiga iria fazer o favor de entregar no trabalho.

No domingo, apeteceu-lhe ir assistir à missa, na igreja perto de sua casa. Não assistia a uma cerimónia religiosa desde... desde que fizera a primeira comunhão e porque fora levada pela escola que frequentava, como era costume acontecer em algumas escolas do primeiro ciclo, ligadas à Igreja Católica, até há cerca de duas décadas.

À saída do templo, após a missa terminar, abstraiu-se no

meio dos fiéis que saíam e, quase inconscientemente, apanhou um autocarro para o centro da cidade, como uma sonâmbula.

No banco de autocarro em frente, virado para si, sentou-se um jovem de tez pálida, com cabelo negro encaracolado, olhos verdes hipnotizantes e aparentando não ter ainda chegado aos trinta anos de idade. Vestia uma camisola com um estampado de uma universidade americana, um pouco gasta e transpirada, a precisar de ir para a máquina de lavar roupa. Levantou os olhos e fitou-a, parecendo por uns momentos que as suas pupilas se iluminavam como faróis. Ela desviou o olhar, um pouco incomodada, e observou a rua lá fora. O autocarro estava a chegar ao centro da cidade, à zona comercial e era o momento de sair, já na próxima paragem, para fazer umas compras. Talvez, assim, espairecesse e começasse a sentir-se menos deprimida. Saiu do autocarro sem se aperceber de que o jovem dos olhos verdes saíra, também, atrás de si. Ela entrou numa loja de roupa e o estranho rapaz espiou-lhe os movimentos, através da vidraça da montra, durante alguns segundos. Quando ela saiu da loja, já o rapaz desaparecera.

Frederico, assim se chamava o jovem, era um estudante universitário, a fazer o doutoramento em filosofia e vira algo nos olhos daquela mulher, quando se sentou em frente a ela no autocarro, que o deixara perplexo: o branco dos olhos dela iluminara-se, como se tivesse luz por dentro. Essa mulher seria uma alienígena? De repente, lembrou-se de uma série de ficção científica que passou há algum tempo na televisão, chamada *Stargate*, na qual os *ETs* tinham olhos que se iluminavam de forma assim parecida. Mas Frederico, obviamente, não acreditava que aquela mulher, que considerava bonita e atraente, fosse uma alienígena. Deveria ter sido o reflexo da luz solar que causara esse brilho inusitado nos olhos dela.

Chegou ao apartamento onde vivia sozinho, pois, para estudar filosofia na universidade desta cidade, tivera de se afastar da família que vivia noutra localidade, a cerca de cem quilómetros para sul. Seria este, talvez, o último ano fora da sua terra natal e longe da família e amigos. Queria voltar à casa materna, no verão seguinte, com o diploma na mão como compensação dos sacrifícios feitos pelos pais para que ele conseguisse terminar o doutoramento. A ajuda financeira que eles lhe prestavam tinha sido essencial, pois aquilo que ganhava, trabalhando num bar aos fins de semana e fazendo a leitura da Aura a uma mão cheia de clientes pouco regulares, através do lançamento das cartas de Tarô de Marselha, apenas chegava para pagar a alimentação e metade da renda da casa. A outra metade, as propinas, a luz, a água, o material escolar, alguma roupa e medicamentos dependiam da mensalidade que lhe era depositada, sem falhar, na sua conta bancária pelos seus progenitores, a mãe, médica de família e o pai, professor de Filosofia do ensino secundário.

O Frederico sentou-se no cadeirão da sala de estar, tendo na sua frente uma mesa de vidro à altura dos joelhos. Concentrou-se na imagem da mulher que o impressionara, pouco tempo antes. Retirou o baralho de Tarô de uma prateleira debaixo da mesinha, puxou uma carta, colocou-a de costas viradas para cima sobre o tampo, puxou nova carta, deixou-a ao lado da anterior e repetiu esta ação mais quatro vezes, deixando as últimas três cartas debaixo das três primeiras. Pousou o baralho e começou a virar as que retirara daí e colocara sobre a mesa, começando pela primeira da esquerda da fila de cima—*A Imperatriz*. A carta estava invertida. Ficou pensativo. Virou a do meio—*A Estrela*, também invertida. Virou a da direita— *A Papisa*. Hum... sinal de fertilidade.

Passou à fila de baixo, começando novamente pelo lado esquerdo. *O Diabo*. Virou a do meio—*O Mago*, invertida. A da direita—*A Morte*. O Frederico respirou fundo. Refletiu sobre estas seis cartas e decidiu que precisava de saber mais. Pô-las de lado e abriu espaço para colocar mais duas filas. Retirou mais sete do baralho, à sorte. Pela mesma ordem, começou a virá-las. *O Enforcado*, invertida. Um feto em perigo, era o que as cartas lhe diziam. A seguinte—*A Torre*, significando talvez instituição hospitalar e intervenção médica prejudicial ao feto. *O Mago* que saíra no primeiro grupo, talvez indicasse o médico, mas, invertido, tratar-se-ia de um médico cuja ação poderia ser desastrosa. Depois, *A Roda da Fortuna*, seguida do *Carro*, os *Amantes*, o *Sol* e, finalmente, o *Mundo*. A mulher estranha estaria grávida, a criança corria perigo e ele deveria avisar essa mulher quanto antes, para que ela não permitisse que fizessem mal ao feto. A sua intuição dizia-lhe que era muito importante, para todos no mundo, que esse bebé nascesse, pois, a última carta indicava que esta criança iria exercer domínio sobre os quatro elementos da Natureza.

O Frederico precisava ver a estranha mulher de novo. Como tal, começou a planear a estratégia para a abordar sem a afugentar. Não iria ser fácil. Viu-a a sair da igreja, nesse domingo, e a entrar no autocarro, o mesmo que costumava apanhar para ir para casa, para o seu apartamento perto do centro da cidade. Era um imóvel que pertencia a um velho professor universitário reformado que o alugava a estudantes e era conhecido do seu pai, pois tinham sido colegas durante os primeiros anos de carreira de ambos. Nunca tinham perdido o contacto um com o outro e tal revelara-se extremamente útil para o seu pai conseguir, por esse meio, uma habitação para o filho, Frederico, sem que tivesse que pagar uma fortuna por isso.

Nessa semana, a Adelaide foi sozinha à consulta para mostrar à sua médica de família as análises que fizera. Vinham fechadas dentro de um envelope. Tal como as levantara no laboratório, assim as entregou, esperando que não houvesse nenhum problema com a sua saúde física, pois o seu mal sabia-o ela bem qual era: ficara deprimida pela traição do Joaquim e uma rejeição destas, quando ela achava que tinha feito, pela primeira vez na vida, uma escolha decente no que toca a homens, fora muito dura de digerir.

A médica, que estava a par do que aconteceu à sua paciente, olhou para ela, apreensiva, após ter lido o relatório clínico.

"Já teve o seu período menstrual?", perguntou.

"Está um bocadinho atrasado, doutora. Às vezes isso acontece-me, principalmente quando ando stressada", respondeu Adelaide.

"Sabe", continuou a médica, "não sei se vai gostar do que lhe vou dizer, tendo em conta a situação que vive presentemente, mas esta novidade também pode ser boa para si, se a encarar com otimismo—tudo indica que está grávida! Vou mandá-la repetir o teste para confirmar."

"Grávida, doutora?" Adelaide sentiu a cabeça a rodopiar, ficou muito pálida e começou a desfalecer, sentada na cadeira.

"Enfermeira Dolores", gritou a médica para a porta entreaberta do consultório, "ajude aqui que a paciente perdeu os sentidos!"

II

"ROSA, o que vou fazer à minha vida?", soluçava a Adelaide, inconsolável.

"Ora, amiga! Tu consegues criar essa criança e eu vou ajudar-te, já sabes. Não te preocupes, se desejas ficar com ela eu apoio-te a cem por cento!"

A Adelaide, no íntimo, já decidira que aquela criança ia nascer, fora feita com amor e não iria pagar pelos erros do pai. Agora que o Joaquim não queria mais saber dela, mais vontade tinha em receber este bebé e nunca o dar a conhecer ao miserável egoísta que ela tinha tido a má sorte de escolher para o conceber.

Se a criança, mais tarde, perguntasse quem era o seu pai ela dir-lhe-ia, apenas, que ele morrera uns anos antes, num acidente ou vítima de doença grave. Ela decidiria esses pormenores mais tarde. Por agora, a sua vontade era esta: iria ter essa criança, nem que fosse a última coisa que fizesse na vida!

O seu salário, apesar de não ser nada de transcendente, dava para pagar a casa, as despesas de gás, luz e alimentação, o condomínio e, em junho e novembro, dava até para pôr de parte algum dinheiro. Poderia, achava ela, educar um menino ou uma menina em circunstâncias de igualdade com qualquer outro de um estrato social, digamos, médio ou médio-alto. Isso abria boas possibilidades à criança que aí vinha, possibilitando-a de estudar até onde pudesse e quisesse e vir a ter uma carreira que lhe proporcionasse uma vida desafogada. Então, o que a preocupava? Preocupava-a o facto de a criança não ter um pai presente na sua vida e, apesar de se sentir com coragem suficiente para a proteger e enfrentar toda a adversidade que aí viesse, receava faltar-lhe, também ela própria, um dia e deixá-la sozinha, completamente entregue à sua sorte. A Rosa era o que ela tinha de mais parecido com família. A Adelaide era órfã de pai desde os cinco anos de idade e de mãe desde os doze, não tinha irmãos e, ao que sabia, só lhe restava uma tia distante, octogenária, que vivia na terra que a vira nascer, no Alentejo, em Santiago do Escoural, numa casita no meio do campo, muito próxima de uma gruta, hoje considerada monumento nacional. A Rosa era como uma irmã para ela e a única pessoa em que ela podia confiar neste momento.

"Rosa, queres ser a madrinha desta criança?"

"Ó Adelaide, sinto-me muito honrada pelo teu convite e… nunca mais te falava se não me convidasses!"

As duas abraçaram-se e choraram juntas, como irmãs.

A vida regressara ao normal. A Adelaide voltara ao trabalho, mostrara ao patrão que estava com ânimo para enfrentar as dificuldades que as suas tarefas profissionais lhe colocavam e estava a fazê-lo com extrema elegância e desenvoltura, deixando todos na empresa admirados, cercando-a de elogios, em particular o próprio patrão que dizia, em voz alta e a quem o quisesse ouvir, que a formação era o segredo para um bom funcionário e que a Adelaide era disso um bom exemplo.

A barriga ainda não mostrava a sua condição de gestante, mas alguns enjoos começavam a incomodá-la, principalmente pela manhã. Enfrentava o mundo com coragem renovada e, aos domingos, quase sem se dar conta, fazia uma caminhada que culminava no entrar na igreja perto da sua casa e assistir à missa das dez. Ela que nunca fora praticante e continuava a não o ser, na realidade, via as suas pernas, como se tivessem vontade própria, levá-la até à entrada decorada ao estilo manuelino, ornada por cinco arcos que formavam, no ângulo superior, um desenho semelhante ao da quilha de um barco, com cabeças de anjos esculpidas nos capitéis das duas colunas laterais. Nesse domingo, deu por si a subir os dois degraus de granito, entrar na nave, sentar-se nos bancos de trás, ajoelhar-se no genuflexório e rezar um *pai nosso* e uma *ave maria*. Enquanto o fazia, sentiu alguém ajoelhar a seu lado, muito próximo. Ouvia o respirar tranquilo da pessoa, quase ombro a ombro. Um perfume de homem, talvez o odor de um *aftershave* muito suave, chegou ao seu nariz. Quando terminou a oração, espreitou pelo canto do olho e notou que o rosto daquele jovem ao seu lado não era totalmente desconhecido. Já vira aqueles olhos verdes algures, anteriormente, só não se lembrava onde, exatamente.

"Irmãos, saudemo-nos na paz de Cristo", convidava o padre, por detrás da mesa do altar.

A Adelaide cumprimentou com um aperto de mão o jovem ao seu lado e enquanto pronunciava a expressão *na paz de Cristo*, sentiu um papel ser-lhe colocado na mão. O rapaz, ao entregar-lhe a mensagem, depressa saiu do lugar que ocupava e abandonou a igreja. A jovem mulher, meio atordoada, sentou-se no banco, desdobrou o papel e leu o seguinte: *Se quiser falar sobre a criança que traz no ventre, contacte-me. Tenho informações muito importantes sobre o seu bebé.*

Por baixo, vinha um número de telefone e um nome: *Frederico.*

Quando chegou a casa, leu de novo o papel, um recorte de uma folha de um caderno de linhas onde aquela caligrafia quase perfeita falava sobre o seu bebé, aquele ser que pouca gente sabia existir dentro do seu corpo. O que iria ela, agora, fazer? E onde vira a cara daquele homem, antes? Não se conseguia lembrar, mas sabia que o vira pela primeira vez não havia muito tempo. Não foi na igreja, pois esta teria sido a única vez que se lembrava de o ver por lá. Assim que pôde, contou tudo à sua amiga Rosa. Esta arrepiou-se e, inexplicavelmente, começou a chorar. As lágrimas corriam-lhe copiosas, pelo rosto abaixo. Abraçou-se à sua amiga e, enxugando como podia as lágrimas que persistiam em brotar dos seus sacos lacrimais, perguntou-lhe: "Acreditas no além e na vida depois da morte?"

"Bom…", respondeu a Adelaide, "eu costumo ir à missa…"

"Pois", interrompeu a amiga, já mais recomposta, "mas acreditas mesmo, tens mesmo fé?"

"Sinto que há algo superior a nós, que nos vigia lá do alto. Chamo-lhe Deus, mas confesso que não professo nenhuma religião em particular. Ultimamente, dou por mim a caminho da igreja perto da minha casa, em particular ao domingo, dia em que habitualmente saio para passear se o tempo estiver bom. Nunca foi meu hábito ir à missa, apesar de ter recebido uma educação católica. A minha mãe frequentava-a lá na minha terra, mas o meu pai nem por isso, pelo menos que me lembre, porque ele morreu quando eu só tinha cinco anos. Eu nunca fui muito de ir à missa e rezar. Só há duas semanas é que comecei, quase como se ficasse sonâmbula, a ir à igreja ao domingo."

"Olha, Adelaide." Rosa respirou fundo antes de continuar e fechou os olhos, ficando muito pálida, de repente. "Há duas ou três noites, tive um sonho em que tu me aparecias muito aflita, a tremer e a chorar e, no meio de um pranto, suplicavas por ajuda, dizendo que queriam fazer mal ao teu bebé. Eu, meio atarantada, respondi-te: *vai falar com o Frederico!* O estranho nisto é que eu não conheço nenhum Frederico e agora vejo esse nome escrito no papel que me mostraste e tudo isto me veio à cabeça. Não pode ser coincidência! Agora, aqui estou eu a dizer-te, na realidade, o que disse no sonho: vai falar com o Frederico, quem quer que ele seja!"

Depois de Adelaide ter repetido o teste de gravidez e esta ter sido confirmada, tinha marcadas consultas de vigilância com um obstetra de uma clínica próxima de sua casa. Era um médico já idoso, em fim de carreira, cordial, a maior parte das vezes, mas com um olhar algo estranho. Tinha uns olhos azuis acinzentados que mudavam para verde-azeitona quando ficava pensativo. Essa mudança mudava o seu rosto, alterando a sua fisionomia de um olhar bondoso para um olhar impaciente, quase irado. Adelaide tinha medo dele e não se sentia nada tranquila quando ele colocava as mãos frias no corpo dela. Tudo estava, aparentemente, bem com o bebé e a primeira ecografia estava marcada para a semana seguinte. Depois disso, iria ver outro obstetra, de preferência uma médica e se se sentisse bem com ela, pedir-lhe-ia que a acompanhasse até ao final da gravidez. Por ora, ficava com o doutor Miguel.

A primeira ecografia, feita por via transabdominal, mostrou que, segundo o que parecia, tudo estava bem com o feto, mas ainda era cedo para saber qual o sexo. O doutor parecia tranquilo e, depois das recomendações habituais, despediu-se dela, dizendo-lhe: "Vai tudo correr bem, não se preocupe! Um pouco mais de paciência e a criança já vai estar cá fora e a senhora a mudar-lhe as fraldas malcheirosas."

Nessa noite, sonhou com uma criança, um menino aí de uns quatro anos, que se aproximava dela, lhe dava a mão e lhe perguntava: "Já falaste com o Frederico?"

Ela, então, olhava para a criança e, de repente, sentia um líquido quente na mão que esta lhe estendera. Puxou-a para si, virou a palma da mão para cima e um círculo vermelho, de sangue, enchia o centro da sua mão, mas o sangue não era dela, era da criança. Em seguida, acordou muito aflita e, de súbito, lembrou-se do bilhete do rapaz na igreja, do Frederico: *se quiser falar sobre a criança que traz no ventre, contacte-me.*

"Alô, é o Frederico? Daqui fala a Adelaide. Você colocou-me um bilhete na mão no domingo passado, na igreja matriz durante a missa das dez."

"Ah, estou a ver... fico feliz por ter resolvido contactar-me", respondeu a voz do outro lado.

"Quando e onde podemos falar?", perguntou Adelaide, decidida a ir por diante com aquilo que ela, em parte, achava ser uma estupidez. Se calhar, este Frederico não era mais do que um fulano que atirara à sorte aquilo da gravidez para burlar alguma pobre vítima supersticiosa, como ela.

"Depois da missa das dez, no próximo domingo", respondeu o Frederico. "Estarei à sua espera na porta da igreja. Há uma pastelaria muito agradável a cinquenta metros da igreja, a *Docinho Divino*. Podemos ir aí e pago-lhe um café e uma *nata* quentinha. São muito saborosas as *natas* dessa pastelaria. Conversamos aí à vontade."

"Posso levar uma amiga?"

"Essa amiga sabe do seu estado?"

"Do meu estado? Que estado?"

"Que vai ser mamã."

"Ah, sim. É a minha melhor amiga."

"Então, pode."

Nesse domingo o Frederico estava, como combinado, à porta da igreja. Quando a missa das dez terminou, ele viu a Adelaide a chegar e sorriu-lhe. Esta parecia nervosa e algo relutante em o cumprimentar. O Frederico apercebeu-se do seu embaraço e disse-lhe com o ar mais tranquilo possível: "Se mudou de ideias, peço desculpas por incomodá-la e vou-me já embora!"

Ela, percebendo que ele se voltava para ir embora de vez, chamou-o:"Espere, não vá! É que estava à espera da minha amiga e ela ainda não chegou e estou preocupada."

"Não se preocupe. Se é por isso, aguardo aqui consigo que chegue a sua amiga e depois vamos todos até ao *Docinho Divino*."

Não esperaram muito até a Rosa chegar, esbaforida, pedindo muitas desculpas a Adelaide porque acordara mais tarde do que queria, pois fizera horas extraordinárias no escritório no sábado e sentia-se muito cansada. Foi a vez de Adelaide lhe pedir desculpa por a tirar de casa no domingo, dia de descanso. Apresentou-a ao Frederico e ouviu-a segredar-lhe: "Eh, pá! O rapaz é jeitoso… tem uns olhos verdes lindos…"

A Adelaide não tinha estado muito atenta a esses pormenores da fisionomia do jovem, mas agora que a Rosa mencionara esse facto, verificou que os olhos do Frederico eram de um verde cristalino que faziam lembrar os olhos de um gato angorá que fez companhia à sua avó materna até ao dia em que a velhota morreu, coitada, não abandonando os pés da cama onde ela se finara, nem por nada, enquanto ela aí jazia. Quiseram enxotá-lo com uma vassoura, mas o destemido felino soprava e arreganhava os dentes, como um tigre defendendo a cria, e não saía do sítio. Acabaram por o deixar ficar e só quando vestiram e moveram o corpo da senhora para dentro do caixão é que se viu o *Ramsés* (era esse o nome do bichano) saltar da cama e ir, como um relâmpago, à sua caixa de areia fazer as necessidades.

A pastelaria ficava, de facto, a uns metros de distância da igreja e dispunha de uma ampla área de esplanada com vista para o terreiro da igreja e para um espaço ajardinado contíguo ao edifício da sacristia. O Frederico tinha razão. Os pastéis de nata eram excelentes e faziam lembrar os famosos pastéis da fábrica de Belém, os originais. Eram servidos, acabados de fazer, ainda quentinhos. O domingo de sol, a esplanada arejada, o café delicioso e o bolo, um autêntico docinho divino, fizeram com que a Adelaide se sentisse uma mulher feliz como há muito não se sentia e que falasse e risse com à vontade mesmo diante daquele estranho que tinha uns olhos verdes enternecedores. A conversa dele era descontraída. Falaram sobre muitas coisas. Ele contou que também não era da cidade, que tinha vindo para estudar, que estava a terminar o doutoramento em Filosofia na Universidade Católica local e, então, a conversa tornou-se mais séria.

"Olhe, Adelaide. Um certo dia, a Adelaide entrou no autocarro, na paragem em frente à igreja e sentou-se no banco à minha frente. Sabe, eu tenho uma sensibilidade que herdei da minha mãe, algo que não consigo explicar. As palmas das mãos da minha mãe como que ardiam quando ela estava perto de uma pessoa que precisava de ajuda médica. Ela sentia aquele formigueiro nas mãos e não fazia ideia do que estava a acontecer com ela. Como ela é médica de família e sabia que se revelasse estas coisas estranhas que sentia acabaria por ser internada num hospital psiquiátrico, escondeu essa sua capacidade de toda a gente, do meu pai, dos colegas, enfim, de todos os que a rodeavam e eram importantes para ela... Um certo paciente, alguém que fez as palmas das suas mãos formigar mais do que o costume, numa consulta confessou-lhe que tinha sonhado com ela na noite anterior e que ela lhe dizia que ele tinha um tumor benigno na glândula suprarrenal direita e que precisava de o remover o mais depressa possível. A minha mãe marcou-lhe uma ecografia renal e descobriu que, de facto, havia um adenoma na glândula suprarrenal direita, pelo que agendou uma cirurgia, cirurgia essa que lhe evitou um derrame cerebral que, se não o matasse, deixá-lo-ia profundamente dependente de outros para as atividades mais básicas. Essa coincidência fez a minha mãe pensar que talvez a nossa perceção do mundo não fosse a mais esclarecida e exata, pois havia sensações e perceções inexplicáveis do ponto de vista científico, algumas das quais ela própria experienciara desde que era criança e que continuava a experienciar ainda hoje. A partir daí, a minha mãe começou a considerar que a ciência não explicava toda a realidade e começou a ler e a estudar outras filosofias e alternativas médicas e terapêuticas. Fui educado dentro desta abertura e tolerância para com todo o tipo de conhecimento. Herdei da minha mãe uma sensibilidade muito grande aos problemas alheios e às necessidades de ajuda de cada um, cujos chamamentos espirituais não são percetíveis à maior parte das pessoas, inclusive aos próprios. Eu capto-os e foi isso que aconteceu quando a olhei nos olhos, ali no banco de autocarro em frente ao meu. Eu comunico com os meus guias espirituais através de cartas, cartas de Tarô, não sei se já ouviu falar. As cartas dizem-me o que devo fazer para ajudar as pessoas. Pode não acreditar, mas garanto-lhe que já salvei várias vidas graças a elas. Confesso que ganho algum dinheiro à conta dessa minha *capacidade*, mas é só até terminar o doutoramento e encontrar um emprego normal. A partir daí, fá-lo-ei gratuitamente."

"Deixe que lhe diga, Frederico", interrompeu a Adelaide. "Não lhe posso pagar nenhum honorário, pois o que ganho mal dá para pagar as minhas despesas mensais..."

"Adelaide, não a contactei para me aproveitar dos seus reduzidos rendimentos, disso pode estar descansada. Nunca lhe pedirei dinheiro. Pelo contrário, se precisar da minha ajuda financeira, não hesite em me pedir. Os meus pais vivem desafogadamente e, se eu lhes pedir, enviam-me dinheiro sem fazer perguntas. Ganho algum com os meus biscates, por isso não me posso queixar. Deixe-me, agora, dizer-lhe o que as cartas me contaram. A Adelaide é livre de acreditar ou não... A criança que a Adelaide traz no ventre está destinada a coisas grandiosas. De facto, a sua vinda a este mundo será um pouco como a vinda do messias cristão em que, pelos vistos, a Adelaide acredita. Sabe que o Bem e a Luz, que é a energia do Bem, medem forças com o Mal e com as Trevas, que é a energia do Mal. O *Yin* e o *Yang* do taoísmo, o Ahura-Mazda e o Ahriman, no Zoroastrismo, Brahma e Shiva no hinduísmo, retratam esta dualidade da natureza divina que traz equilíbrio aos vários universos que constituem o tecido da nossa existência."

"Ó Frederico. Desculpe, você está a tirar o doutoramento em Filosofia, mas nós as duas somos perfeitas ignorantes em relação ao que está a dizer. Não fazemos ideia do que é isso, o Yin e o Yang, o Brahma e o Shiva...", protestou a Adelaide.

"Desculpe. Entusiasmei-me e comecei a dissertar. O que eu lhe queria dizer é que sendo o seu bebé um ser de Luz, que o é, garanto-lhe, as Trevas pretendem destrui-lo a todo o custo. Posso, desde já, vaticinar-lhe que um médico que a segue vai querer que interrompa a gravidez, alegando que a criança sofre de malformações. Não acredite, pois é o Mal que a tenta enganar, não deixando que essa criança nasça. Não se deixe enganar, Adelaide! É importante para toda a Humanidade que essa criança venha ao mundo. Creia em mim!"

III

FREDERICO explicou-lhe a leitura que fez das cartas do Tarô de Marselha e a Adelaide tinha alguma dificuldade em acreditar em toda aquela cartomancia. No entanto, os ternos olhos verdes de Frederico demonstravam-lhe uma evidente preocupação com o seu bem-estar e com o da criança que trazia no ventre. Depois de se sentir desesperadamente só e sem vontade de enfrentar o mundo, aquele jovem culto e bem-apessoado chegava ao pé de si e oferecia-se para a proteger incondicionalmente como se fosse um enviado do céu. Ainda que intranquila e receosa, a Adelaide começava a sentir-se atraída pelo estudante de Filosofia e a encontrar-se com ele todos os dias.

No *Docinho Divino*, a empregada que quase sempre os atendia, já trazia numa bandeja os pastéis de nata e o café cheio para ele e o sumo de laranja para ela, mesmo antes de fazerem o pedido, como se fossem clientes de longa data. Para ela, estes clientes eram um casal jovem, muito bonito e prestes a serem pais, pois já se começava a notar uma certa saliência arredondada do ventre da mulher. Além disso, ela notava o carinho com que a Adelaide acariciava, ocasionalmente, a barriga e o olhar embevecido do rapaz quando ela o fazia.

O Frederico insistiu em acompanhá-la, na semana seguinte, à consulta com o doutor Miguel para a segunda ecografia e ela não ofereceu grande resistência a esta sua pretensão. Na realidade, estava até a pensar em pedir à Rosa que fosse com ela, pois não se sentia tranquila quando tinha consulta com aquele médico de olhar estranho. O Frederico inspirava-lhe confiança, segurança e parecia um anjo protetor, fazendo-a esquecer o tratante do Joaquim que a abandonara naquele estado e que nunca mais quisera saber dela. O trauma causado por essa situação inesperada fazia com que ela não se quisesse envolver demasiado com o Frederico. Contentava-se com uma relação de amizade, pois não queria passar pela rejeição e pelo abandono uma vez mais.

Por sua vez, o Frederico que não procurava mulher, namorada ou fosse quem fosse que o satisfizesse sexualmente, sentia-se atraído por esta mulher, mas não sabia explicar porquê.

As cartas indicavam-no como o protetor e, porque não dizê-lo, aquele que iria abrir a porta desta existência àquele *anjo de Deus* que estava para nascer. As mulheres que preenchiam os desejos do Frederico não eram, com toda a certeza, mães solteiras ou divorciadas já a caminho dos trinta, como acontecia com a Adelaide. Tinha muitas colegas de faculdade, todas elas esculturais e mais ao seu nível, que seriam apropriadas, de acordo com as suas preferências, para constituir família. De facto, nunca sentira, antes, essa necessidade de constituir família. Pensava, até, que iria acabar solteiro e não porque lhe faltassem abordagens de raparigas que olhavam para ele e para os seus olhos verdes e se derretiam, talvez demasiado óbvias, ao ouvi-lo falar de Immanuel Kant e de Friedrich Hegel.

Quando tirou do baralho a carta *Temperança*, enquanto se perguntava qual o seu papel neste desenrolar de acontecimentos e emoções, percebeu que o seu dever era proteger, com todas as suas forças, aquela mulher e a criança que o ventre dela gerava. As cartas avisavam-no que a primeira ameaça viria do obstetra que acompanhava Adelaide. O Mago—essa carta invertida era sinónimo de morte ou perigo fatal. Por essa razão, foi insistente no seu pedido de a acompanhar até ao consultório do doutor Miguel. Ainda bem que ela concordou, pensou ele, pois se ela resistisse à sua oferta ele não teria justificação plausível para insistir muito mais e, deixá-la ir sozinha fazer esta ecografia, não era uma boa ideia.

De facto, a Adelaide saiu do consultório de rosto pesado e olhos húmidos. Tinha estado a chorar lá dentro. Quando saíram do edifício e o Frederico lhe perguntou o que acontecera dentro do consultório, ela agarrou-se a ele e, de lágrimas nos olhos, contou-lhe que a criança era um menino e que o doutor Miguel lhe dissera que detetara que o bebé tinha uma bolha de líquido acumulado na nuca, de cerca de cinco milímetros, algo que indica uma anomalia, uma malformação congénita, provavelmente espinha bífida ou uma qualquer trissomia. Aconselhou-a a abortar porque a criança viria, quase de certeza, com deficiência.

"Vamos procurar outro obstetra", aconselhou Frederico calmamente e acrescentou: "Uma colega de faculdade da minha mãe é obstetra numa clínica, aqui na cidade. Ela deve lembrar-se de mim. Chama-se Filomena Prata e amanhã vou à clínica falar com ela. Não te preocupes, confia em mim. Vai tudo correr bem!"

Na manhã seguinte, antes de ir para a faculdade, o Frederico passou na clínica *Fertilitatis* da doutora Filomena para marcar consulta para a Adelaide. A instituição ocupava todo o terceiro andar de um edifício de construção recente que estava totalmente preenchido com escritórios de notários, advogados e várias clínicas médicas, dentárias, de obstetrícia e ginecologia e até um consultório de psicologia infantil, no primeiro andar. Havia, depois de franqueada a entrada, um pequeno *hall* com um balcão atrás do qual uma rececionista de cabelo loiro platinado, vestida com uma bata branca imaculada, cumprimentava, com um sorriso simpático, as clientes que assomavam à porta. Pareceu um pouco surpreendida com a aparição da cabeça masculina do Frederico no umbral da porta, mas depressa se recompôs e cumprimentou-o afavelmente, como se este fosse mais um cliente habitual. O Frederico explicou que vinha marcar uma primeira consulta para uma amiga da faculdade onde estudava, grávida de dois meses. Disse que conhecia bem a doutora Filomena Prata, que esta era amiga de infância da sua mãe, também ela médica, e que foram, até, colegas de faculdade, tendo-se licenciado no mesmo ano.

Ficou agendada a consulta da Adelaide para a terça-feira da semana seguinte, pelas dez horas da manhã. *Convinha chegar dez minutinhos antes*, pedia a rececionista, *para dar entrada na plataforma digital onde ficam registados os dados clínicos e os agendamentos dos pacientes.* O Frederico respondeu que não havia problema. Entretanto, uma porta abriu-se e saiu, de dentro da sala que correspondia a um dos consultórios, uma mulher com o ventre bastante proeminente, anunciando o final de gravidez, seguida de uma outra mulher que aparentava ter entre os trinta e os quarenta anos de idade, muito elegante, de cabelo castanho-claro, ondulado e bem penteado, óculos de marca a decorarem uns olhos azuis expressivos, vestida com uma bata branca e estetoscópio pendurado ao pescoço que lhe dava algumas recomendações e se despedia dela.

"Obrigada, doutora!", dizia a parturiente.

A doutora olhou na direção do balcão e, ao ver o Frederico aí encostado, exclamou: "Olha, o filho da Maria José!"

"Olá Filomena!" E logo se corrigiu, achando que aquela familiaridade não seria apropriada no local de trabalho da médica. "Olá, como vai doutora?"

"Ó, rapaz, anda cá à tia Mena para eu te dar um beijinho! Há quanto tempo... E a tua mãe, a minha mana", dizia ela, enquanto piscava o olho direito, "como é que ela vai? Que saudades, meu rapaz! E olha para ti, um homem todo giro. Soube que estavas a fazer o doutoramento em Psicologia..."

"Em Filosofia", emendou o Frederico.

"Pois, eu é que estou a precisar de um psicólogo cá na clínica", replicou ela com um sorriso malandro.

O Frederico conhecia bem a Filomena e sabia que ela gostava de brincar com ele e de o fazer sorrir, deixando-o sempre alegre e satisfeito quando a via. O rapaz estimava-a mais do que se ela fosse tia verdadeira e arrependia-se seriamente de não a ter visitado nos últimos dois anos, sabendo que ela trabalhava na cidade onde ele residia e estudava e que lhe bastava, tal como fez hoje, desviar-se um pouco das suas rotinas diárias e aparecer no consultório, nem que fosse por poucos minutos, para a cumprimentar. Mas não queria incomodá-la no seu local de trabalho e, ainda que pensasse uma ou outra vez em fazê-lo, acabava por seguir o trajeto habitual até ao *campus* da faculdade e regressar, no fim da tarde, às vezes já noite, a casa, como de costume.

Se estiveres com a tua mãe em breve, diz que lhe mando um beijinho muito grande e que precisamos de arranjar tempo para nos juntarmos, pois temos de pôr a escrita em dia, dizia Filomena Prata, ao despedir-se do Frederico com um beijo em cada face.

No dia e hora agendados, o Frederico acompanhou a Adelaide até ao consultório e aguardou, pacientemente, que a consulta terminasse, sentado na esplanada de um café a poucos metros da entrada do edifício da clínica *Fertilitatis.*

A Adelaide ouviu o seu nome ser chamado pela assistente da clínica, levantou-se da cadeira onde aguardara pela sua vez, na sala de espera, e entrou no gabinete da doutora Filomena que premia as teclas de um computador, a cujo ecrã parecia estar quase colada, de tal forma que nem deu logo pela entrada da sua paciente. Apenas quando ouviu esta fechar a porta e desejar-lhe *bons dias,* levantou a cabeça e, sorrindo, disse-lhe: "Entre, entre! Este programa de computador é enervante, sabe. É formulário atrás de formulário que tenho de preencher em poucos minutos, enquanto uma parturiente sai e outra entra no consultório…". Pausou, sorrindo novamente, olhando Adelaide de alto a baixo e perguntou, gracejando com aquele ar matreiro que a caracterizava: "Então é você a namorada do Frederico?"

A Adelaide corou um pouco, pois esta pergunta era completamente inesperada. Gaguejou, mas respondeu: "Somos apenas amigos."

"Não são colegas de faculdade?", perguntou a doutora, em tom de surpresa.

"Não. Apenas amigos. Conhecemo-nos na missa de domingo, na igreja que ambos frequentamos."

A doutora Filomena ficou por uns momentos em silêncio.

O que o amor faz aos jovens—pensava ela—*nunca imaginei o Frederico a frequentar igrejas...*

Quebrou o silêncio, fez um ar mais solene e continuou: "Você chama-se Adelaide, não é? Olhe que o Frederico é muito bom rapaz e, se essa vossa amizade passar a algo mais sério, verá que não encontra ninguém mais dedicado e trabalhador para viver ao seu lado. Ele é como um filho para mim e vi-o crescer junto com a sua mãe, que é uma amiga de infância a quem prezo muito. Não o faça sofrer, por favor."

A Adelaide ficou acabrunhada com este pedido inesperado. Fazê-lo sofrer? Tomara que ela não fosse vítima, mais uma vez, de abandono por parte de um homem, algo de que ainda não recuperara e, para mais, ficando a braços com uma criança que, pelos vistos, corria o risco de nascer deficiente. Começava mal esta doutora que não fazia ideia da angústia que Adelaide sentia por toda esta difícil situação que estava a atravessar. Resolveu contar-lhe a sua história afetiva, desde o momento em que o patife do Joaquim a trocara por uma miúda, deixando-a ao abandono sem sequer se dignar deixar-lhe um bilhete de despedida ou uma palavra sequer. Contou-lhe, depois, como conheceu o Frederico e de como este se dispôs a ajudá-la sem que ela lhe pedisse fosse o que fosse.

A doutora Filomena, após ouvir toda a história com muita atenção, levou-a para um pequeno gabinete onde, sobre uma pequena mesa, repousava um aparelho portátil de ultrassom para ouvir os batimentos cardíacos do feto e verificar se os órgãos deste estavam a receber a quantidade de sangue necessária. Avaliou, também, a condição cardíaca do bebé e a circulação do sangue no cordão umbilical, bem como se havia algum problema na placenta ou nas artérias. A Adelaide estava fascinada, escutando os batimentos apressados do coração do seu bebé e vendo, no monitor, imagens que mostravam o interior do seu útero e o que parecia ser uma pequena criatura humana com o rosto bem definido, de pernas fletidas e erguidas ligeiramente.

"Parece estar tudo bem com o bebé", declarou a doutora Filomena, ao fim de algum tempo e perguntou: "O que lhe disse exatamente o obstetra que a seguia sobre o feto?"

A Adelaide contou-lhe, com mais pormenor, tudo o que se tinha passado consigo nestes últimos meses, depois do abandono a que foi sujeita pelo companheiro, a descoberta de que estava grávida, as consultas com o doutor Miguel e quando este a aconselhara a abortar por ter supostamente descoberto que o bebé tinha uma bolha de líquido acumulado na nuca, com cerca de cinco milímetros e que isso era sinal de malformação congénita, ou lá o que era. Comentou, inclusive, a forma bizarra como fora abordada pelo Frederico na igreja e deste a avisar de que corriam perigo, ela e o bebé, pois ele afirmava ter sido alertado para tal, através das cartas de tarô.

A doutora Filomena tranquilizou-a, dizendo que, a partir desse momento, ela iria acompanhar a gravidez da Adelaide até ao fim. Marcou-lhe nova consulta para daí a três semanas e viu-a sair do gabinete, com um ar mais tranquilo e, até, com um tímido sorriso a enfeitar-lhe o bonito rosto. *Está visto que foi aquele sorrisinho de menina desprotegida que despertou o amor no Frederico. A rapariga é encantadora...* pensava a doutora, ao vê-la sair do consultório.

IV

ADELAIDE e Frederico já não podiam estar sem se ver todos os dias e, apesar do muito trabalho que a este último lhe dava elaborar a tese de doutoramento, obrigando-o a ler mais rápido do que gostava inúmeras obras académicas, encontravam-se os dois, diária e impreterivelmente, à hora do almoço. A Adelaide ainda se deslocava ao trabalho, mas sentia-se cada vez mais pesada e desconfortável, frequentemente enjoada e cheia de olheiras, como se não fosse capaz de descansar. O patrão, apesar do feitio algo grosseiro e machista, considerava dar-lhe licença de maternidade já nesta fase intermédia, por a ver tão pálida e com falta de força, física e anímica. O Frederico afeiçoara-se à Adelaide com o passar do tempo e foi com alguma surpresa sua que começou a considerar a possibilidade de passar a vida ao lado desta mulher que carregava no ventre uma criança, fruto do amor que ela partilhara com outro homem que não ele. Nunca imaginara poder sentir algo tão intenso por alguém com quem, aparentemente, nada tinha em comum.

Quanto a Adelaide, o ar solícito e preocupado do Frederico atraíra-a, desde o início, mas ainda se encontrava muito magoada com o que lhe fizera o Joaquim e não conseguia confiar completamente em mais nenhum homem. No entanto, a sua proximidade com o Frederico fazia-a sentir-se mais tranquila e segura do que alguma vez se lembrava de ter sentido com o Joaquim. Na realidade, o Frederico, para além de ser culto e bonito, fazia-a sentir-se especial e desejada e transmitia-lhe a paz e a tranquilidade de que necessitava. Num dos almoços que faziam preferencialmente em casa de Frederico, por este morar relativamente próximo do trabalho de Adelaide e disporem ambos de pouco tempo livre, esta deixou-o acariciar a redondeza do ventre que mostrava, agora claramente, o seu estado puerperal. Beijou-o nos lábios, enquanto sentia o calor da sua mão a afagar-lhe a barriga.

Uns dias depois, o Frederico voltava da Faculdade um pouco mais tarde do que o habitual e, ao abrir a porta do apartamento, esperava ver a Adelaide já em casa, pois tinham combinado encontrar-se para jantarem juntos nessa noite, num restaurante próximo. O Frederico dera uma cópia da chave de casa à, agora, sua namorada, para que ela pudesse entrar no seu apartamento sempre que quisesse, sem necessitar de esperar por ele no exterior. Nesse fim de tarde, porém, ela não tinha, ainda, chegado. Ele decidiu, então, telefonar-lhe para lhe pedir desculpa pelo atraso e perguntar-lhe se, por acaso, ela se tinha esquecido do compromisso dessa noite. Sem sinal de chamada, o Frederico ouviu a típica voz automática a avisar que o cliente para o qual ligara não se encontrava disponível. Estranho... não tinha o telemóvel ligado àquela hora? Será que a bateria descarregou? Por vezes, acontecera-lhe ficar sem bateria, até a meio de uma chamada importante, estando ausente de casa e, como tal, longe do carregador que faz a ligação do dispositivo à tomada elétrica. Terá sido isso o que se passara com a Adelaide?

Insatisfeito por não ter resposta imediata para nenhuma destas dúvidas e começando a sentir um aperto no coração, lembrou-se de ligar para o escritório onde a Adelaide trabalhava, para perguntar se ela já saíra e a que horas isso acontecera.

Uma voz masculina que o Frederico adivinhou ser a do patrão dela, informou-o de que ela sofrera um desmaio, havia cerca de duas horas e, devido ao seu estado delicado, mandara uma funcionária com ela às urgências do hospital público.

O Frederico saiu a correr do apartamento, chamou um táxi e foi, de imediato, para as urgências do hospital. Ainda encontrou a Adelaide deitada numa maca, à espera de ser atendida por um médico. Entretanto, já tinha recuperado os sentidos e feito uns exames ao sangue e encontrava-se a falar com uma enfermeira que lhe perguntava se tinha alguém da família a quem ligar para a vir buscar, quando o Frederico chegou ao pé dela. A Adelaide apresentou-o como sendo o seu namorado e a enfermeira, vendo que ela estava bem entregue, deixou-os a sós, tranquilizando-os, dizendo que a criança e a mãe se encontravam bem, que o doutor estava a analisar os resultados das análises que acabara de fazer e que se preparava para lhe dar alta, pois o colapso dever-se-ia apenas a uma quebra de tensão, perfeitamente normal para quem esteve a trabalhar o dia inteiro e, aparentemente, não se alimentara como deveria.

"Pregaste-me um susto daqueles!...", dizia o Frederico, enquanto lhe beijava o ventre como se fosse o pai biológico da criança que se desenvolvia no seu interior. Isso fez Adelaide olhar para ele com muito carinho e pensar: *como és tão diferente do Joaquim e como eu te amo, meu Deus!*

A doutora Filomena, alertada via telefone por Frederico de que Adelaide tinha dado entrada nas urgências do hospital distrital, colosso arquitetónico que servia toda a região norte do país, apareceu cerca de quarenta minutos depois do filho da sua amiga de infância. Auscultou e apalpou a Adelaide e o seu ventre proeminente e, após conferenciar com o médico de serviço que não tinha tido mãos a medir nesse começo de noite e mal olhara para a pobre, garantiu-lhe a alta hospitalar e trouxe consigo uma pasta com os exames feitos pela parturiente, para observar com atenção no seu consultório. O casal foi mandado para casa, tendo Filomena dito ao Frederico que, em caso de alguma anormalidade, entrasse em contacto com ela, fosse a que hora fosse.

Já no seu gabinete, Filomena leu com atenção o relatório com os valores recolhidos na análise ao sangue, redigido no hospital. Tudo parecia normal, apontando como causa provável do desmaio a pressão arterial baixa, sentida por não se estar a alimentar convenientemente. A hora de almoço no trabalho não era respeitada e a jovem habituara-se a fazer um intervalo demasiado grande entre os momentos de ingerir alimento, ao longo do dia. A médica resolveu observar, mais uma vez, no computador do consultório, o vídeo da ecografia 4D que fizera, havia duas semanas. Lá estava o rosto perfeitamente formado, as mãos, os dedinhos, enfim tudo perfeito, como se lembrava quando viu as imagens pela primeira vez. De súbito, o ecrã iluminou-se intensamente, o feto abriu os olhos, olhou diretamente para ela e, com o dedo indicador da sua mãozita direita, fez... pelo menos, pareceu que fez... o sinal da cruz.

Voltou atrás no vídeo para observar, de novo, este pormenor de que não se lembrava de ter notado, antes. Estranho... chegando àquele minuto de vídeo, agora nem a luminosidade do ecrã aumentou, nem o feto fez qualquer movimento consciente, não abriu as pálpebras e muito menos fez um nítido sinal da cruz... Teria sido uma alucinação? Estava, de facto, cansada e era hora de ir para casa descansar. Já não tinha mais pacientes nesse dia para atender e apenas se deixara ficar para rever as imagens em vídeo da última ecografia da Adelaide. A assistente já se tinha despedido dela e ido para casa e era hora de ela fechar a clínica e ir também. Escurecia lá fora. O marido e os filhos aguardavam-na para jantar. Levantou-se da cadeira e a luz do teto tremelicou. Vestiu o casaco e procurou as chaves da clínica e do carro no bolso exterior. O gabinete ficou gelado, repentinamente, e quando Filomena abriu a porta sentiu uma dor intensa no peito, as pernas dobraram como se fossem feitas de gelatina e, ao estatelar-se no chão, foi engolida por uma escuridão total.

O Frederico, em vez de ir jantar fora com Adelaide, como tinham combinado, resolveu levá-la para a sua casa e, no caminho, passou num restaurante *Take Away*, que ficava a poucos metros do seu prédio, e comprou duas doses generosas de vitela assada no forno. A Adelaide iria ficar no seu apartamento, nessa noite. Ele iria alimentá-la como deveria ser e garantir que ela passava uma noite descansada. Levá-la-ia, na manhã seguinte, à clínica da doutora Filomena para esta lhe passar uma baixa, pois a Adelaide estava a ficar demasiado desconfortável e cansada no trabalho.

O Frederico pôs a mesa com uma toalha branca de linho que raramente usava e com os pratos decorados com motivos relativos aos descobrimentos portugueses no século XV que comprara numa loja de antiguidades que vendia réplicas de obras de arte famosas a preços muito baixos e colocou uma música clássica de fundo para criar um ambiente tranquilo e relaxante.

Conversaram, viram um pouco de TV e a Adelaide foi deitar-se na cama do Frederico, tendo este aconchegado, com carinho, a sua amiga entre os lençóis e, quando esta adormeceu, encostou os lábios à testa da sua amada, fechou a luz e voltou à sala e ao sofá onde iria dormir nessa noite. Queria que a

Adelaide dormisse à vontade na sua cama individual, embora esta lhe tenha dito, ensonada, mas *coquette*, que arranjaria aí espaço para os dois, se ele quisesse.

Com a cabeça cheia dos acontecimentos do dia, o Frederico ainda se lembrou que tinha prometido a uma amiga da faculdade que faria uma leitura das cartas, nessa noite, e que lhe telefonaria logo em seguida. Esta amiga era uma boa cliente e pagava-lhe, certinho, os custos das suas consultas. Como tal, o Frederico puxou para si a mesinha da sala, que costuma estar entre o sofá e a televisão e, depois de as baralhar, dispôs as cartas do seu tarô de Marselha em cima do vidro que servia de tampo na referida mesinha.

Saiu a *Imperatriz*! Mau! A sua cliente estaria grávida? Tentou limpar a imagem da Adelaide no hospital e ocupar a sua mente com a memória do rosto da sua colega. Tirou nova carta: o *Sol*, invertida. E, depois a *Estrela*, também invertida. Espera, esta última carta referia a pessoa que cuidava da grávida! As cartas queriam falar-lhe sobre a doutora Filomena… só podia ser isso!

Tirou nova carta: a *Torre*. Era um mau prenúncio… A seguir, tirou… a *Morte*, o *Julgamento* e, finalmente, o *Louco*. Se as cartas o estavam, de facto a avisar sobre a sua amiga, a doutora Filomena, então algo de muito mau lhe iria acontecer ou já teria acontecido. Tentou avisá-la, ligando para o número de telemóvel que ela lhe dera no hospital. Ninguém atendeu do outro lado. O Frederico deitou-se no sofá com o pressentimento de que algo de terrível iria mudar o curso da sua vida e também o das vidas da Adelaide e da criança que aí vinha.

A notícia deixara-o em choque: a amiga de infância da sua mãe e sua "quase tia" falecera, a caminho das Urgências do

Hospital, pois fora encontrada, caída junto à porta do gabinete pelo marido que, não conseguindo contactá-la pelo telefone, ligara à rececionista da clínica a perguntar por ela. Chegou pouco tempo depois e ligou, imediatamente, para o INEM. Ela tinha entrado em paragem cardíaca, os paramédicos tentaram reanimá-la, mas, já na ambulância, a caminho do Hospital, acabou por falecer.

O Frederico, ao telefone com a sua mãe, ouviu esta dizer-lhe que, através de um sonho premonitório, sabia que algo de trágico iria acontecer com a amiga e que a tentara avisar por telefone, em vão. Aconselhou o filho a voltar por uns tempos para a casa paterna e trazer consigo a companheira, pois só o grupo espírita que liderava poderia proteger Adelaide e a criança que esta trazia no ventre até ao momento do parto.

Os pais do Frederico vieram visitá-lo para assistirem às cerimónias fúnebres da doutora Filomena e para conhecerem a Adelaide. Chegaram de automóvel ao apartamento onde o filho residia, no fim da manhã, e encontraram-no na companhia de uma jovem de rosto luminoso, de gestos carinhosos e envergonhados e simpatizaram logo com ela.

O Frederico sorria, satisfeito e orgulhoso por ter uns pais bondosos e compreensivos, uns *seres de Luz*, como ele os designava.

"Ela é uma giraça!", segredava-lhe a mãe, piscando-lhe o olho.

A Adelaide recebeu, num sobrescrito enviado pela clínica onde trabalhava a doutora Filomena, um relatório sobre a sua gravidez de risco e, assim, pôde pedir a baixa a que tinha direito. Iria, agora, viajar com Frederico, rumo à casa dos pais dele e colocar-se sob proteção da mãe deste e do grupo espírita que ela coordenava.

A viagem de automóvel foi célere e a casa dos pais de Frederico, uma moradia nos arredores da uma pequena cidade e rodeada por um espaço amplo, ajardinado, parecia perfeita para receber a gestante Adelaide que, vencida a timidez inicial e o embaraço que o facto de estar grávida de outro homem que não o Frederico ocasionalmente lhe causava ao conversar com os pais deste, se mostrava feliz e conversadora, espalhando alegria por toda a casa e deixando os pais do seu namorado perfeitamente encantados. Inclusive, referiam-se à criança no ventre da jovem como *o seu netinho*.

V

FOI numa tarde iluminada por um sol primaveril que a mãe do Frederico levou a Adelaide para a apresentar ao seu grupo espírita e, com a ajuda de todos, proteger a jovem e a criança que esta trazia no ventre.

A casa onde essa reunião teve lugar pertencia à pessoa mais idosa do grupo, uma anciã que parecia estar nos seus setenta e poucos anos de idade. Tal como a proprietária, a decoração da casa parecia transportar-nos ao início do século XX e, não fosse verem-se pela casa aparelhos modernos, principalmente na cozinha, dir-se-ia que tinham viajado ao passado. Retratos a preto e branco de figuras austeras e tristes de antepassados da família adornavam as paredes dos corredores e uma sala decorada com mobília de mogno, escura e a cheirar a mofo, aguardava a chegada da Adelaide. Sentados a uma mesa grande, típica das salas de jantar de há um século, estava um homem quase calvo, também ancião, de ar pacífico e bondoso que sorriu, assim que a Adelaide surgiu à porta da sala. Tinha um livro pousado em cima da mesa, aberto numa determinada página, onde se destacava uma ilustração a preto e branco do corpo humano.

"Bem-vinda, Adelaide!", saudou num tom claro e harmonioso de voz aquele homem que, mais tarde, lhe foi apresentado como sendo o mentor espiritual do grupo, conhecido por *irmão Didi*. "Bendita sejas entre as mulheres e bendito o fruto do teu ventre!"

Em poucos instantes, a Adelaide via-se rodeada por todos aqueles anciãos que, sentados em cadeiras de mogno, de mãos dadas à sua volta, semicerravam os olhos e entravam numa espécie de transe, enquanto pronunciavam, num tom grave e hipnótico, o que parecia ser uma reza, uma oração num idioma que a jovem desconhecia e cujo linguajar lhe fazia lembrar, vagamente, o árabe. Em breve, como que atingida por um desejo profundo de dormir, a cabeça pendia-lhe sobre o peito e, embora se mantivesse perfeitamente sentada, como se estivesse acordada, estava completamente inconsciente e a viajar no mundo dos sonhos. Nesse sonho, apareceu-lhe uma criança de uns oito anos de idade, vestida com uma túnica branca que lhe pegou na mão e lhe disse, sorrindo: "Venho, mais uma vez, ao mundo para cumprir a vontade do meu pai."

"Do teu pai?", estranhou a Adelaide que, inexplicavelmente, sentiu ser aquela criança uma versão futura da que trazia no ventre, ainda por nascer. E acrescentou em tom irónico: "Esse nem sabe que tu existes! Não sabe nem quer saber. Tu só tens mãe e essa sou eu!"

A criança voltou a sorrir e respondeu: "Não é a esse humano que me estou a referir, esse foi um instrumento do meu pai verdadeiro e tu também és um instrumento dele. Amo-te e respeito-te porque foste a escolhida pelo Criador para a minha segunda reencarnação. A minha primeira mãe terrena viveu há uns milénios, numa terra distante. Chamava-se…"

A criança interrompeu-se porque uma sombra escura pairava sobre ele e Adelaide. Esta viu tudo escurecer à sua volta. Sobressaltou-se, mas sentiu a mão da criança firme na sua e tranquilizou-se. O seu coração dizia-lhe que, ao lado deste menino, nada de mal lhe aconteceria.

Entretanto, na sala onde os anciãos se sentavam de mãos dadas, também tudo escureceu, repentinamente. O irmão Didi, de olhos fechados, ordenou num tom de voz elevado: "Deixa este lugar, mestre do Mal. Este é um lugar de luz!"

A mulher, na frente dele, grunhiu e tossiu-lhe, de rosto convulsionado, uma carrada de insultos, numa verborreia tão rude e aviltante que peço ao leitor que me perdoe por me coibir de os revelar.

O rosto do irmão Didi continuava sereno, de olhos semicerrados, como que iluminado por um halo. Abriu a boca para voltar a ordenar com firmeza: "Em nome daquele que tu tanto temes e que é teu soberano, vai-te daqui, Satanás!"

De súbito, a voz desagradável vinda da mulher de rosto alterado começou a falar alto naquela língua oriental que lembrava o árabe e o irmão Didi replicava na mesma língua e no mesmo volume de voz. Este duelo prosseguiu durante mais cerca de dois minutos e, tal como chegou, a sombra desvaneceu-se, deixando a luz do sol dessa tarde voltar a preencher os cantos da sala, devolvendo-lhe o habitual aspeto *demodé* mas, ainda assim, acolhedor.

Lentamente, a Adelaide começou a abrir as pálpebras e despertou, estremunhada, como se tivesse dormido um longo sono.

"Bem-vinda de volta, minha querida!", saudou-a com bonomia o irmão Didi.

Ninguém lhe contou o que se havia passado enquanto entrara naquele transe e, como também ninguém manifestou curiosidade em saber se ela vira ou sonhara com algo, resolveu guardar para si mesma essa informação. Estranhamente, todos os que estavam à volta da mesa se congratulavam e, voltados para o irmão Didi, agradeciam-lhe a ajuda na luta contra, diziam eles, o anjo do Mal.

A Adelaide começou a achar que tinha vindo parar a uma casa de loucos, mas, ainda assim, sorria e juntava-se aos outros nos agradecimentos, para não parecer indelicada, sobretudo à frente da doutora Maria José, a mãe do Frederico. A sessão tinha terminado e, uns minutos depois, a Adelaide e a mãe do seu namorado estavam de regresso à casa dos pais de Frederico, onde o rapaz as aguardava impacientemente.

Maria José, durante esse trajeto, explicou à namorada do filho que, quando ela entrou naquele sono profundo, um espírito maligno confrontou todo o grupo, querendo fazer mal a ela e ao bebé. O irmão Didi, por quem a doutora parecia ter grande respeito e admiração, fora segundo ela o grande herói, derrotando as forças do Mal com o seu poder de oração.

A Adelaide hesitava em contar-lhe o estranho sonho ou visão que tivera durante aquele estranho transe. Por fim, decidiu contar-lhe e a mãe do seu namorado, com o sorriso bondoso que a caracterizava, tranquilizou-a: "Não te preocupes! Essa criança que trazes no ventre está, agora, sob a nossa proteção e, em breve, estará cá fora, saudável e resistente, pronta para cumprir o seu destino que, pela resistência que as forças do Mal oferecem ao seu nascimento, será indubitavelmente grandioso."

Dias depois, durante um jantar familiar, Frederico e Adelaide anunciavam a data acordada entre os dois para o seu casamento, pelo registo civil. Mais tarde, após o nascimento da criança, preparariam a cerimónia religiosa que desejavam fazer e, para tal, escolheriam a igreja onde se tinham encontrado e onde começara, por assim dizer, a sua relação. Entretanto, passaram a viver num apartamento novo na cidade onde Adelaide trabalhava e onde Frederico, após ter concluído o seu doutoramento, conseguira ser aceite como professor auxiliar do Departamento de Filosofia da universidade local.

Foi logo após dar essa notícia a Adelaide que a ouviu dizer, tranquilamente: "Querido, vais ter de me levar já à clínica pediátrica, porque acabaram de me rebentar as águas."

A clínica fora escolhida pela mãe do Frederico, na mesma cidade onde o jovem casal residia. Como médica, a doutora Maria José tinha vários conhecimentos, a nível das melhores instalações nessa localidade para se fazer o parto. Tinha, previamente, sido contactado o médico que dirigia essa clínica, um seu colega da Faculdade de Medicina, também ele muito amigo da falecida doutora Filomena e, tal como ela, prestável, simpático e bondoso. A chegada fez-se então sem demoras e, enquanto a Adelaide era vista pelo obstetra, o Frederico telefonava à mãe a informá-la que a esposa entrara em trabalho de parto, finalmente. A mãe tranquilizou-o e disse-lhe que se iria imediatamente pôr a caminho da clínica, junto com o pai. Em cerca de duas horas e meia, deveriam chegar. Quando chegaram, já a criança tinha nascido. Era um menino e, segundo o obstetra, um dos mais perfeitos que já vira nascer (e ele já vira muitos, durante a sua carreira!). A doutora Maria José, quando o viu, exclamou que a criança parecia exatamente um querubim que vira na ilustração de um livro infantil. Logo aí ficou definido o nome do bebé: Ângelo, porque parecia um anjo. Quando a enfermeira trouxe o bebé para junto da mãe, esta notou que havia uma pequena mancha avermelhada no lado direito do seu tórax. Perguntou se isso era normal. Maria José aproximou-se e analisou-a, com um ar pensativo.

"Hum... tem uma marca de nascença no quinto espaço intercostal", disse ela e murmurou entre dentes, sendo ouvida apenas por Adelaide: "Que coincidência..."

VI

A ROSA, a amiga da Adelaide, fora uma das primeiras pessoas a visitá-la, a ela e ao bebé, na clínica. Veio acompanhada pelo patrão, que insistiu em a vir visitar também, mostrando-se muito afável e prestável, trazendo-lhe um ramo de flores e animando-a com entusiasmo. Ela, que nunca tinha visto o seu patrão assim tão simpático, começou a desconfiar que, provavelmente, mais tarde ou mais cedo, seria despedida. No entanto, o discurso dele, dizendo a todos os que nesse momento a visitavam e ao pessoal médico presente que aquela era a sua empregada mais eficiente e dedicada e que tratassem dela como se fosse a sua própria filha, que não importava as despesas, pois ele pagava, deixou-a perplexa. O homem devia estar doente da cabeça—pensou.

A visita foi rápida, mas antes de se despedir da amiga, a Rosa ainda lhe segredou: "Olha, o Joaquim regressou do estrangeiro e veio ao escritório perguntar por ti. O patrão pô-lo na rua e disse-lhe duas das boas, que o fizeram fugir a sete pés. Todas as empregadas, depois do farsante do Joaquim se ter posto a milhas, levantaram-se e aplaudiram o patrão. E eu até lhe dei um beijo na cara! Nunca tinha visto o patrão assim a defender-nos e fiquei orgulhosa pela sua atitude! Parece uma outra pessoa, o patrão."

A Adelaide sorriu e, por uns momentos, parecia que o céu se tinha lembrado de que ela existia. Estava ali com o seu filho recém-nascido, rodeada de carinho e amor, algo de que ela já há muito carecia e que, até encontrar o Frederico, lhe parecia inatingível. Do Joaquim, de quem uns meses antes, não queria nem ouvir falar, não guardava rancor no seu coração. Achava, até, que ele lhe tinha feito um favor, ao se ter ido embora. Só tinha olhos para o seu Frederico, apesar de, até esse momento, nunca ter tido qualquer intimidade física com ele. No fundo, sentia até receio de que, quando entregasse o seu corpo ao noivo, ele não a achasse suficientemente atraente e se desinteressasse, como acontecera com o Joaquim.

Na realidade, a Adelaide não tinha com que se preocupar. O Frederico tratava-a com o carinho e o amor que ela sempre sonhara e, até no contacto íntimo, quando a hora chegou, tudo foi tão bom que ela própria achou que devia estar a viver um sonho, pois nunca se sentira tão completa, tão feliz, como após fazer amor com o Frederico.

O Ângelo cresceu, assim, rodeado de muito amor e

carinho, da parte da Adelaide e do Frederico e, também, dos pais deste que, em períodos de férias do casal, quase suplicavam que os viessem visitar e passar uma temporada com eles. Quem parecia gostar muito de ir para a casa dos *avós* era o Ângelo, que adorava o contacto com a Natureza. A doutora Maria José olhava-o, embevecida, através da janela da sala e via-o, sentado na relva, debaixo de uma tangerineira que ela mandara plantar no seu jardim, a brincar com uns pardalitos que pululavam à sua volta sem qualquer receio, chegando mesmo a pousar nos seus ombros e nas costas da sua mão. Ele ria-se, com aquele rir de criança sincero e melódico, um gorjeio que fazia sorrir de felicidade os adultos que o ouviam.

Antes de fazer um ano, o Ângelo já falava como um adulto, algo que impressionava todos à sua volta. A Adelaide e o Frederico decidiram, quando fez quatro anos, pô-lo num colégio privado, perto do apartamento onde moravam. Essa escola tinha um departamento com professores especializados no acompanhamento de crianças sobredotadas e a diretora, depois de conversar, cerca de dez minutos, com o menino, confirmou que o mesmo se enquadrava neste tipo de crianças especiais.

Inicialmente, a Adelaide resistiu um pouco. Não gostava que o seu filho fosse visto como uma aberração e preferia que ele estivesse junto com as crianças ditas *normais*.

No entanto, o discurso, o raciocínio, os conhecimentos e a forte personalidade deste menino faziam com que as educadoras e os professores ficassem estupefactos na sua presença e os próprios colegas, da idade dele e mais velhos, olhavam-no com admiração e respeito, alguns sem compreenderem bem o que ele dizia. Tratava a todos, adultos e crianças, com irrepreensível respeito e bonomia e todos gostavam dele.

"O Universo é, ao que se sabe, infinito porque ainda não se lhe descobriu um fim. A tecnologia que conseguimos criar, os telescópios em órbita terrestre e as sondas enviadas para o Cosmos, apenas nos deram a conhecer uma parte diminuta da sua dimensão", explicava a professora de Ciências na sua aula do quinto ano do ensino básico.

"Professora," dizia o Ângelo, "cada um de nós é um Universo, com inúmeras criaturas, numa escala microscópica, a habitar-nos, sem terem consciência da nossa existência e a maior parte de nós também não tem noção que elas existem e habitam os nossos corpos. Poderemos ser, por outro lado, as criaturas microscópicas de outra espécie de uma escala muito maior, não lhe parece?"

Os professores ficavam pasmados perante as observações desta criança. Onde ia ela buscar estas noções tão avançadas?

O professor de Matemática, quando precisava de alguém para o ajudar a explicar uma equação ou uma teoria, dizia: "Ângelo, explica aí aos teus colegas o que eu acabei de dizer."

A Adelaide, quando ia ao colégio, ouvia o diretor de turma dizer que o filho dela era extraordinário, mas isso deixava-a desconfortável. Queria que o seu Ângelo tivesse uma infância normal e brincasse com os outros meninos, que era o que deveria fazer. Por isso, levava-o, nos momentos livres, ao parque da cidade e punha-o nos baloiços e nos escorregas para que ele se divertisse como os outros.

Uma menina, a brincar com uns bonecos feitos de Lego, convidou-o: "Olá, queres vir brincar comigo?"

O Ângelo, amável e atencioso, como sempre era com toda a gente, respondeu: "Claro. Gostas de Legos? Eu gosto de montar naves espaciais e monumentos. O meu padrasto costuma comprar-me muitos no Natal e no meu aniversário."

A sua interlocutora, uma menina de uns oito anos olhava para ele, com um ar estranho, que revelava alguma surpresa e admiração.

"Pareces o meu pai a falar", dizia ela. "Olha, eu finjo que estes bonecos são uma família que vive em dificuldades e que querem organizar uma casa, que é um pouco como a minha família faz, todos os dias lá em casa."

O Ângelo pegou na mão dela e replicou: "Não te preocupes. O teu pai vai ser aumentado ainda hoje e vocês vão começar a ter mais dinheiro para as vossas despesas."

Nisto, um pequeno pássaro caiu aos pés da menina, com a asa partida e, em grande agonia, piava aflitivamente, enquanto se revolteava no chão, incapaz de se equilibrar.

A menina, perturbada com o pássaro ferido caído aos seus pés, ia levantar-se para pedir ajuda à mãe, que estava ali próximo, sentada num banco de jardim, mas deteve-se quando viu o Ângelo pegar, com muito cuidado, na ave que pareceu acalmar com o contacto. O rapaz fez uma carícia na asa ferida do pássaro e logo este começou a voar em direção aos céus, como se nada lhe tivesse acontecido. A menina correu, então, para a mãe, a gritar: "Mãe, aquele menino curou um passarito que tinha a asa ferida e pô-lo a voar outra vez!"

A mãe, alheia a toda essa cena porque estava envolvida numa conversa animada com a progenitora de outra criança que também brincava no parque, respondeu-lhe, com um ar de enfado: "Pois, filha, tu tens cá uma imaginação! Deves sair ao teu pai, que inventa com cada história sempre que chega tarde a casa…"

VII

FREDERICO ia buscar o Ângelo ao colégio, no fim da tarde. Saía da Faculdade onde trabalhava e, num pequeno Fiat Punto que comprara com algum dinheiro que tinha posto de parte, desde que começara a ter um salário mensal fixo e, porque não dizê-lo, com o envio de alguns reforços financeiros por parte dos pais, sobretudo no aniversário e no Natal, lá estava ele à porta do colégio, pelas dezoito horas, que era quando o rapaz terminava as aulas. Desta vez, o Ângelo não vinha muito bem-disposto. O professor de Educação Moral e Religiosa tinha argumentado com ele, insinuando que a existência de Deus era, apenas, fruto da imaginação do ser humano e que deveria ser considerada uma fantasia. Para o professor, Deus simplesmente não existia.

O Ângelo, calma e educadamente, só lhe fez esta pergunta: "Como é que o senhor chegou a professor de Religião e Moral, então?"

O Frederico, quando ouviu a sua explicação, apenas observou: "Filho, evita entrar em conflito com os outros. No entanto, devo dizer-te que a tua observação não foi desrespeitosa e até foi bastante pertinente. Se o teu professor ficou irritado, é problema dele."

Mais tarde, em casa, Adelaide, após ter sido posta a par da ocorrência com o seu filho na escola, advertiu-o: "Filho, por favor, não faças nada que envergonhe o teu pai e a tua mãe. É o que te peço. Escuta o que te diz a tua mãe, que te ama muito!"

O Ângelo, serenamente, replicou: "O meu corpo foi gerado dentro do teu e, por isso, irei amar-te sempre e respeitar-te. Mas tu não és a minha mãe verdadeira. Tenho lembranças da minha mãe, de viver numa terra e num tempo distantes, muito distantes. Tal como agora, estava a fazer o trabalho que me pediu o meu pai. Não este que me acolheu, nem o outro biológico, mas o Pai Celeste, que foi ele que me enviou de novo aqui. Creio já te ter dito isso num sonho teu."

O rapaz levantou as palmas da mão, virando-as para Adelaide e, no meio, podiam ver-se duas manchas rosadas, quase circulares.

"Nos meus sonhos, uns homens vestidos com roupas estranhas pregam-me numa cruz de madeira e dói tanto, mas ouço a voz do meu Pai que me tranquiliza e mostra que o meu sofrimento salva as almas perdidas de muitos e eu deixo de sentir a dor."

A Adelaide abraçou o rapaz com muita força e, de olhos marejados, exclamou: "És e serás sempre o meu filho e se o Divino Salvador encarnou no corpo do meu filho, peço-lhe que perdoe os meus pecados."

"Os teus pecados estão há muito perdoados, mãe", respondeu-lhe o rapaz, enxugando-lhe as lágrimas com beijos.

A progressão do Ângelo na escola foi rápida e cheia de sucessos. As avaliações eram sempre excelentes, mesmo nas áreas menos intelectuais e mais físicas ou que requeriam boa coordenação e destreza física. Parecia que toda a educação que lhe queriam ministrar era, para ele, um livro aberto, ou seja, algo que bem conhecia e dominava desde há muito tempo. A maior parte dos professores gostava dele e os que não gostavam dele é porque o receavam, ou antes, receavam a sua sabedoria e a sua bondade natural, que fazia com que todos à sua volta o escutassem, como se a vida deles dependesse de cada uma das suas palavras, proferidas com aquele tom terno de quem nos limpa a alma com o seu olhar e a energia da sua mensagem. De tal forma, que quase toda a escola se juntava a ele no átrio, durante o recreio. Lá estavam, permanentemente, os seus amigos mais próximos: o Simão, o Tiago, o João, o Tomé, o André, o Filipe, o Bartolomeu e outros.

Aproximou-se, então, dele aquela rapariga estranha e solitária, de cabelos longos e castanhos, que não parecia ter amigos ou que evitava tê-los e saudou-o, com um sorriso tímido: "Olá, sou a Madalena."

"Sei quem és", respondeu o Ângelo. "A minha questão é a seguinte: estás disposta a seguir-me?"

"Estou!", respondeu ela, sem qualquer hesitação.

FIM

CASO SINGULAR

I

NSPETOR, sou psicanalista de profissão há cerca de uma década, habituada aos mais bizarros desvios da psique e, como sou intimada a contar tudo o que sei sobre este caso estranho, aconselho-o a que mantenha uma mente aberta, porque, por mais racionais que sejamos, será extremamente difícil *explicar o inexplicável.*

Tudo começou quando me foi encaminhado do hospital público um paciente que teria dado uma queda de um andaime de um prédio onde trabalhava como pintor, fazendo parte de uma empreitada contratada para finalizar a construção de um imóvel.

O indivíduo em questão trabalhava na construção civil desde os dezassete anos de idade. Agora que estava quase nos quarenta, uma queda de um andaime tê-lo-á posto num estado de coma que durou cerca de três dias. Quando saiu do coma, passou ainda cerca de três meses e meio no hospital, até lhe darem alta e recuperar plenamente em casa. Dois meses depois, voltou ao trabalho, fazendo a pintura das paredes de uma outra casa, no lugar onde vivia, ou seja, em Maximinos, na cidade de Braga. Voltou a ser internado um mês depois, desta vez em Psiquiatria, porque os colegas de trabalho se queixavam de que ele tinha enlouquecido, pois, após beber um ou dois copos de vinho, ao almoço, começava a falar com eles numa língua estranha e, homem calmo e pacífico que sempre fora, tinha, ultimamente, reagido às brincadeiras dos colegas de forma agressiva e violenta.

Entrou no meu gabinete, a uma segunda-feira, por volta das dez da manhã, deixado por uma enfermeira do hospital. Vinha cabisbaixo e envergonhado, como se a sua presença fosse um incómodo para todos, mesmo para mim.

Perguntei-lhe o nome e, muito timidamente, lá soltou um *Manuel* com muito custo.

"Senhor Manuel, conte-me lá, então, o que se passou, naquela tarde, depois do almoço, lá na obra, com os seus colegas," pedi-lhe eu.

Com voz sumida, quase entre dentes, ouvi-lhe um *Eu sei lá, doutora!*

"Ora, senhor Manuel, perca lá a vergonha e diga-me por que razão queria bater nos seus colegas!", ordenei-lhe com a voz mais autoritária que pude.

Como uma criança apanhada em falta, o envergonhado Manuel gaguejou, dizendo: "Ó dou-doutora, eu sou um homem de paz. Eles só me estavam a arreliar, a gozar comigo, alguns a chamar-me nomes... Mas, de repente, já não era eu... Saiu esta voz de dentro de mim a dizer: *Tu non me vexas.*[4] Juro que não sei o que isso quer dizer! E, logo de seguida, estas minhas velhas pernas puseram-se de pé, num instante e, quando dei por mim, já a minha mão direita se espalmava na cara do Armindo. Desculpe, doutora, mas eu não me reconheço e estou muito arrependido e envergonhado..."

Fiquei a pensar no *Tu non me vexas* e, de repente, dei por mim a dizer a mim própria: *mas, isto é latim, caramba! Esta, para mim, é uma novidade. Então um fulano, quase analfabeto, bate*

---

4   Não me chateies!

com a cabeça numa parede e, agora depois de beber um copo, desata a falar em latim?

Juro que procurei nos meus cartapácios do tempo da faculdade e tudo, à procura de narrações de casos semelhantes e, nada! Nunca nenhum psicanalista, psiquiatra ou psicólogo, tinha estudado ou tido, até ao presente, um caso semelhante a este.

"Sabe, doutora," continuou ele, "sou um homem simples, de pouca educação. Os meus pais eram pobres. Precisavam que eu os ajudasse no campo que cultivavam. Estavam à espera que a escola terminasse para me terem a trabalhar com eles no campo, a apanhar fruta e a fazer outras coisas, a doutora sabe... não havia posses para poder continuar na escola... Bebo um copo, sinto-me mais descontraído, falam-me em coisas mais... a doutora sabe... coisas mais profundas e dou comigo a falar sobre elas como se fosse um entendido e a falar naquela língua que os romanos antigos falavam."

"O senhor está a referir-se ao latim, não é?" inquiri eu.

"Isso," anuiu ele, "falo e até me lembro de algumas coisas que digo, como por exemplo, partes de um livro que eu nem sabia que existia, as *metamarfoses d' Ovídio.*"

"Quer dizer as *Metamorfoses de Ovídio*, não é, senhor Manuel?"

"Olhe, doutora. Isto não sou eu. Deve haver aqui um bruxedo qualquer que me lançaram e que me fez cair daquela obra e, quando acordei no hospital, já não era o mesmo. Mesmo sem beber, sonho comigo a pintar as paredes de uma casa antiga. Sei que é antiga porque, nos meus sonhos, não aparece nenhum aparelho nem nenhum móvel moderno. Só coisas como eu já vi num livro que mostrava o interior de uma casa do império romano e dei por mim a dizer o nome dessas partes da casa: o *atrium*, o *perystilium*, o *triclinium*, a *culina* e, olhe, doutora, eu nem sei bem o que é que isso quer dizer, a sério, doutora!" dizia o pobre homem, com lágrimas nos olhos. Em seguida, olhou muito calmo para mim e perguntou: "A doutora quer ir ver a minha casa? Um dia, depois de uns copos à noite com uns colegas de trabalho, fui deitar-me ainda antes das onze. No outro dia, quando acordei, tinha as paredes do meu quarto pintadas e tinha gesso e tinta agarrados à roupa... Como é que eu fiz aquilo? Não me lembro de nada, mas os músculos dos braços doíam-me."

Fui com ele no meu carro à sua casa que, como já referi, fica em Maximinos, para ver o quarto e a pintura que inconscientemente fizera, depois de uma noite de copos, mas nada me preparara para aquilo que me esperava. As paredes do seu quarto estavam finamente decoradas com pinturas de elevado nível artístico, autênticos *frescos* como aqueles que encontramos nos templos romanos ou na capela sistina, no Vaticano. Se este homem conseguia fazer tais obras de arte, estava ali um novo *Miguel Ângelo*!

Após algumas consultas, creio que umas seis, o senhor Manuel esteve algum tempo sem vir ao consultório. Soube, mais tarde, que tinha ido a casa de um... digamos, terapeuta psíquico... eu chamo-lhe um bruxo.

A experiência tinha sido de arrepiar os cabelos! O senhor Manuel contou-me que o *bruxo* pegou nas suas mãos e, minutos depois, terá entrado em transe e começado a falar em latim com ele que, muito atrapalhado, terá entrado num pranto, até que alguém o ajudou, libertando-o das mãos do *médium* ou lá o que o fulano era!

Foi, então, que me lembrei da minha amiga de infância, a doutora Lúcia Vasconcelos, professora catedrática de latim, que está a lecionar na Universidade do Minho. Depois de a pôr ao corrente deste estranho caso do senhor Manuel, pedi-lhe que falasse em latim com o *alter ego* do meu paciente, depois de este beber um copito. Estava curiosa por saber do que era capaz esta outra personalidade quando confrontada na língua que, pelos vistos, dominava quando se encontrava em estado alterado pelo álcool.

A minha amiga Lúcia, sempre pronta para um desafio, levou o homem até ao seu apartamento, na Avenida Antero de Quental e deu-lhe de jantar. Abriu uma garrafa do seu melhor vinho e começou a conversar com ele. Perguntou-lhe sobre a sua profissão, o que fazia, como se chamavam os seus colegas. As respostas eram as de um homem simples, com um vocabulário limitado e próprio de quem tem a escolaridade obrigatória ou nem mesmo isso. No fim do segundo copo de vinho, a professora arriscou perguntar: "*Quis es tu?*"[5]

O homem continuava a comer e Lúcia pensou que, talvez, a sua amiga estivesse um pouco iludida acerca das supostamente extraordinárias capacidades do trolha.

Com um sorriso superior, levou aos lábios o seu copo de vinho tinto, *Scala Coeli Cabernet Sauvignon*, da Adega Cooperativa de Portalegre, que ela tinha guardado na garrafeira da despensa para ocasiões festivas e ouviu, incrédula:

"*Mihi nomen est Marcellus et ego sum pictor! Et tu quis es?*"[6]

"*Sum Lucia et sum magister linguae latinae,*"[7] respondeu, quase se engasgando com o vinho, a minha amiga.

5 Quem és tu?
6 O meu nome é Marcelo e sou pintor. E tu, quem és?
7 Sou a Lúcia e sou professora de latim.

Como é que eu sei estes pormenores todos desse jantar? Pois a minha amiga fez questão em me apresentar um relatório detalhado de cada um dos seus encontros com o Manuel até ao dia em que deixou de o fazer, inexplicavelmente. Tentei, mas não consegui mais contactá-la, não aparece na universidade, o ex-marido não sabe nada dela, os vizinhos não a veem há meses, lá no prédio, enfim, e é por essa razão que o inspetor aqui está a interrogar-me, não é? Porque está dada como desaparecida e o Manuel também.

Se os dois se envolveram sentimentalmente? Creio que sim. Os estranhos acontecimentos que se seguiram dão a entender que surgiu qualquer coisa entre eles os dois, algo que sempre achei altamente improvável, pois o fulano é um homem rude e simples, sem instrução, exceto quando, sob o efeito de uns copitos de vinho, desata a falar em latim. Aí, o homem é um artista e transfigura-se. Deixe-me, então, continuar a contar-lhe o que sei e, talvez, o inspetor chegue a alguma conclusão ou perceba o que terá acontecido à minha amiga.

Nesse primeiro encontro entre a minha amiga Lúcia e o Manuel que, após uns copos de vinho, dizia chamar-se Marcellus, de onde terá derivado o nome Marcelo, suponho, ela notou que ele ficou pensativo ao ouvir o seu nome e terá murmurado algo que lhe pareceu como: *será que é ela, a minha Lúcia?*

Tornou-se muito cortês e conversou com ela sobre assuntos muito profundos e filosóficos e a minha amiga ficou encantada com ele e, já perto da meia-noite, levou-o a casa. Ele despediu-se, dizendo-lhe que tinha apreciado muito a sua companhia e tinha gostado muito de viajar na sua *carruagem sem cavalos*. Ela acha que ele se estava a referir ao seu automóvel.

II

CERTO é que ficou marcado novo jantar a dois para o fim de semana seguinte. Lúcia seguia um plano combinado entre mim e ela que a levava a repetir a experiência de oito em oito dias, para ver como se desenvolvia o *alter ego* do meu paciente. Quando o Manuel veio à minha consulta, logo após este primeiro jantar com a Lúcia, disse-me que tinha comido com uma senhora muito simpática que lhe tinha apresentado um prato de bacalhau com natas, muito saboroso, acompanhado de um vinho tinto *do outro mundo*. Surpreendente foi ter afirmado que tinha uma lembrança muito vaga do que se tinha passado, após ter bebido o segundo copo de vinho. Sabia que tinha falado com ela na língua dos romanos antigos, a partir de uma certa altura, mas não sabia exatamente do que tinham falado. Inclusive, não tinha qualquer lembrança de que tivesse marcado outro jantar com ela no fim de semana seguinte. Também não sabia bem como tinha chegado a casa e isso incomodava-o bastante.

"Será que fiz algo que não devia à pobre da senhora?" perguntava o Manuel com uma expressão de aflição que me deu pena.

"Descanse que não fez nada de mal, sôr Manuel!", tranquilizava-o eu. "Mas está visto que você, hoje, não aguenta mais de dois copos de vinho. Vai ter de parar de beber vinho ou outra qualquer bebida alcoólica, homem!"

A expressão de profunda tristeza e, ao mesmo tempo, resignação fez com que eu reformulasse a interdição que lhe apresentei.

"Pronto, comece por reduzir para um copo à refeição apenas! Se não passar daí, não lhe irá fazer mal e a sua vida pode voltar a ser aquilo que era antes.", prometi.

Comecei, então, a acreditar que este meu paciente sofria do que designamos por Transtorno Dissociativo de Identidade ou TDI, ou seja, inspetor, uma condição psicológica grave que afeta a memória, o comportamento, os sentimentos pessoais e a própria identidade do indivíduo. É um processo mental dissociativo responsável pela falta de conexão com a sua 'verdadeira' personalidade. Na realidade, os acontecimentos seguintes vieram revelar-me que era mais do que isso, que havia aqui um elemento estranho, chamemos-lhe, *sobrenatural,* algo para o qual os meus professores catedráticos não me prepararam.

Olhe, inspetor, segundo me escreveu a Lúcia, no segundo jantar o Manuel nem sequer tinha começado a refeição, não tinha tocado ainda em qualquer bebida alcoólica, quando pegou na mão da minha amiga, fechou os olhos, entrou numa espécie de transe e disse umas palavras, a minha amiga não tem a certeza mas pareceu-lhe antigo egípcio. O facto é que ela própria não se lembra dos seguintes dez minutos. Ficou com a sensação de que apagou e outra entidade se apoderou do seu corpo. Quando ela veio a si viu distintamente o meu paciente com o rosto ligeiramente diferente, como se tivesse feito uma cirurgia plástica e ouviu-o dizer, em latim: "És tu, Lúcia, a minha Lúcia!"

A minha amiga ouviu-se a ela própria dizer: "Sim, sou eu.

Encontraste-me!"

Depois disto, a minha amiga Lúcia mostrou-se incomodada e receosa de continuar a experiência. Isto tudo já a ultrapassava e, pela primeira vez, começava a achar que algo de sobrenatural, algo que a ciência ainda não consegue explicar, se misturava a todo este processo. Tinha medo, confessou-me.

Claro que não tive coragem de lhe pedir que continuasse, pois verifiquei que tinha ficado muito perturbada com os últimos acontecimentos.

No entanto, fiquei surpreendida quando ela me ligou, a dizer que se ia encontrar com o Manuel, na noite passada. O seu ex-marido tinha passado lá por casa e, inexplicavelmente, tinha-a acusado de se andar a oferecer a homens de baixa condição e de se ter transformado numa prostituta. Lúcia pô-lo na rua e respondeu-lhe que nenhum homem era tão baixo quanto ele e que o único erro da sua vida tinha sido casar com uma alma negra como a do seu ex-marido.

Havia um colega dela, na faculdade, também ele leitor de Português e Latim, que a perseguia, esse é o termo certo, procurando-a quando ela ia ao bar ou, até, chegando a aparecer no restaurante onde ela almoçava com amigas. *Era um chato*, dizia ela. Gostava de se ver livre dele, mas era uma verdadeira *melga*, aparecendo quando menos se esperava. Ela não sabia se o ex-marido se referia a esse colega que ele detestava por estar a par de que andava *a arrastar a asa* à sua ex-mulher ou ao Manuel, mas como saberia ele sobre o Manuel? Só há pouco é que Lúcia iniciara este processo do Manuel a meu pedido. Não havia maneira de o Luís, era esse o nome do ex-marido de Lúcia, saber do Manuel em tão pouco tempo.

O Luís era empresário, dono de um pequeno hotel à saída

de Braga, na berma da estrada nacional 101 para Guimarães. Desde que se separara da mulher, só tinha olhos para o negócio que, graças ao restaurante do hotel, cuja cozinheira era um prodígio da culinária, tendo recebido uma estrela *Michelin* e preparando-se para receber uma outra, em breve, aguentava as despesas mensais, que eram muitas, não deixando cair num poço sem fundo aquilo que lhe levara uma vida inteira para pôr de pé.

Ele e Lúcia foram um casal unido durante cerca de dez anos. Depois, diversos obstáculos criados por familiares invejosos, problemas com os filhos, um rapaz que tirava o curso de sociologia na Faculdade de Letras da Universidade do Porto e uma rapariga que estudava medicina na Universidade Clássica de Lisboa, dividiram o casal e os dois deixaram de se sentir bem ao lado um do outro.

A Lúcia, na sua condição de professora universitária, não precisava do Luís para nada. A sua vida era boa e tranquila e ela nunca sentira necessidade da companhia de um homem. Na realidade, o único homem que ela recebia com agrado era o seu filho, com quem costumava passar as férias. A sua filha, pelo contrário, preferia a companhia do pai. Até nisso estavam divididos. No entanto, o Luís ainda amava a Lúcia. Preocupava-se com ela e tentava cair nas boas graças do filho que considerava o pai culpado pela separação e, como tal, preferia a companhia da mãe. O rapaz, apesar de não ver com bons olhos a mãe a ser alvo de atenções de um outro homem que não o seu pai, já aceitava que ela pudesse envolver-se amorosamente com o colega de profissão, pois, dizia ele, também a mãe tinha direito a ser feliz. A Lúcia, por sua vez, recusava-se a falar ou a debater esse tema e demonstrara sempre a todos, inclusive ao seu filho, que não estava minimamente interessada no colega de profissão que constantemente a assediava.

Por seu lado, o Luís que tinha por hábito espiar a ex-mulher, à saída da faculdade, viu, um dia, com surpresa, esta meter-se no carro e, em vez de se dirigir a casa, como era hábito, ir até Maximinos, parar o veículo à porta de uma habitação desconhecida para ele, tocar à campainha e entrar na casa quando um homem lhe abriu a porta com um sorriso e a cumprimentou com um beijo na cara. Luís nunca vira aquele fulano em lado nenhum. Seria algum colega novo da faculdade? Bom, parecia que a ex-mulher tinha um caso com ele, disso parecia não haver dúvida.

Como é que eu sei disso, inspetor? Pois. A Lúcia contou-me que quando chegou à porta do seu apartamento foi surpreendida pelo ex-marido que, a pretexto de organizar as próximas férias de verão que pretendia passar com os dois filhos, não resistiu a dizer-lhe que a vira entrar na casa do novo namorado.

"Tu andas a espiar-me!", ter-lhe-á dito ela, zangada.

Ele apenas encolheu os ombros e, com um ar indiferente, declarou que tudo tinha sido uma coincidência. Que tinha ido ter com ela à faculdade para falar sobre o assunto dos filhos e vira-a entrar no carro e, então, seguira-a, pensando que ela ia para casa, na Avenida Antero de Quental.

A minha amiga Lúcia, querendo evitar discussões com o ex-marido, algo que ela já não suporta minimamente, despachou-o, dizendo que tinha muito que fazer e que lhe telefonaria para lhe comunicar o que o filho tinha decidido em relação às férias de verão. Quando o Luís se foi embora, muito contrafeito, pareceu ouvi-lo dizer: *non potes effugere*, expressão latina que significa: *não podes escapar*, algo que a deixou incrédula, pois não imaginava que o ex-marido tivesse aprendido latim ou que andasse a aprender em alguma escola. Muito estranho, isso, não acha, inspetor? Pois, continuando, a Lúcia confessou-me que, num encontro na semana passada com o Manuel, fora ela quem bebera um pouco mais do que estava habituada e dera consigo a falar em latim com o seu interlocutor e sem que conseguisse controlar o que dizia, como se estivesse possuída por uma outra entidade. A sua memória estava algo nublada desse incidente, lembrando-se, apenas, de ter dito ao meu paciente que era ela a sua amante, aquela que fugira com ele da fonte do *deus do rio pelo qual se jura*. Depois, inspetor, olhe, depois nunca mais recebi nenhum relatório dela nem consegui mais contactá-la através do telemóvel. Fui até à universidade para ver se a conseguia encontrar, mas fui informada que ela estava a faltar há uns dias. O que será que lhe aconteceu? Sabe, inspetor, tenho muito receio do que terá acontecido à minha amiga, não lhe reconheço qualquer inimigo ou alguém que lhe queira mal, mas tudo isto é muito estranho. Ficar-lhe-ia eternamente agradecida se me avisasse quando descobrisse o paradeiro da minha amiga. Prometa-me que o faz, por favor!

III

PRONTO, inspetor! Confesso que ainda amo a minha ex-mulher e que me custa vê-la cortejada por outros homens. Tenho-a espiado, mas seria incapaz de lhe querer mal ou de me vingar. Não sou esse tipo de pessoa. Custa-me, mas sobrevivo!

A última vez que estive com ela, discutimos, é verdade! Sem querer, vi-a entrar na casa de um desconhecido e exagerei um pouco naquilo que lhe disse! Depois, fui-me embora e nada mais sei sobre ela. Posso dizer-lhe onde fica a casa onde a vi entrar há uns dias e, até, descrever a cara do fulano que vi à porta da mesma. Também me interessa saber se lhe aconteceu alguma coisa de mal, sabe?

Occidit eos[8]

Inspetor, não sei nem uma palavra em latim, apesar de a minha mulher ser professora catedrática nessa área. Se quiser saber como se gere um estabelecimento hoteleiro, aí posso ensinar-lhe uma ou duas coisas. Mais do que isso… ultrapassa-me completamente! Mas, na realidade, ouço, à noite, durante o sono, uma voz na minha cabeça que me ordena algo, numa língua estranha e fico desconcertado. Estarei a enlouquecer, inspetor?

A minha separação foi algo que me surpreendeu e, de certa forma, virou a minha vida do avesso. Nunca imaginei que isso pudesse acontecer. Acho que não estava preparado para esta situação. Dei por mim a questionar-me onde seria que tinha errado e por que razão a Lúcia tinha deixado de confiar em mim e de querer estar comigo. Creio que não ultrapassei ainda este trauma e que devo estar a precisar de ajuda psicológica. Já marquei consulta de psiquiatria no hospital privado, na próxima sexta-feira, inspetor.

Lapsos de memória? Agora que o inspetor fala sobre isso, lembro-me que há duas ou três noites acordei na cama, vestido com fato, gravata e casaco e tinha a absoluta certeza de ter

---

8   Mata-os

vestido o pijama e me ter deitado, como costumo fazer todas as noites. Não consigo explicar o que aconteceu. Acho que estou a precisar de ser medicado. Por favor, encontre a Lúcia, inspetor! Eu ainda preciso dela ao meu lado!

Se eu tenho insónias com frequência e acordo confuso a meio da noite sem saber bem onde estou? Ó inspetor, como sabe o senhor sobre o que me tem acontecido há umas largas semanas? O senhor está bem informado, vê-se que sabe bem do seu ofício. Sabe, inspetor, uma prima direita minha, com a qual tenho uma relação de amizade que dura desde muito novo, fomos educados como irmãos, sabe, ela é... como lhe vou dizer isto... tem assim uma perceção fora do comum das coisas, sabe? Ela diz que devo ter uma alma penada a possuir-me o corpo, não sei se está a ver. Inicialmente, ignorei-a porque achei que ela tinha enlouquecido de vez, mas começo a achar que há qualquer coisa de invulgar na forma como me tenho andado a sentir nestes últimos meses. Os médicos dizem-me que o *stress* não explica tudo aquilo que tenho andado a sentir e a medicação que tenho tomado não tem tido qualquer tipo de efeito que seja digno de registo.

O quê? O inspetor também tem tido insónias com frequência? Bom, vejo que o problema então não é só meu. Será da mudança climática, inspetor? Estaremos todos, aos poucos, a perder o juízo devido ao clima?

Sabe, inspetor, se eu fosse a si ia investigar um colega da Lúcia que anda sempre atrás dela, como uma abelha à procura do mel. Acho que o tipo se chama Afonso, mas não tenho a certeza. A minha filha disse-me que a Lúcia lhe confessou que não está interessada nele, mas o *gajo* não a larga, inspetor! É *um chato do caraças*! Nunca se sabe se um fulano destes pode ou não fazer mal a uma mulher indefesa, apesar de eu achar que a Lúcia não se pode considerar indefesa, já que foi cinturão negro em Judo, no tempo quando ainda namorávamos. Atirou-me, inclusive, um dia ao chão com uma facilidade incrível para me demonstrar uma das técnicas que ela dizia que dominava e para me dizer na cara que não precisava que nenhum homem a defendesse, que sabia bem tomar conta de si própria. Está a ver a têmpera da minha mulher... desculpe, da minha ex-mulher, não está, inspetor?

Occidit eos

IV

PRONTO, inspetor! Confesso: acho a Lúcia muito atraente e tenho tentado várias vezes uma aproximação, mas ela ignora-me sistematicamente. O ex-marido já me ameaçou uma vez, mas ele não me mete medo. Não percebo como uma mulher como a Lúcia pôde casar com um bronco como o Luís. Ele não está ao mesmo nível dela e, se fosse um tipo como deve ser, não andaria constantemente a espiá-la. Tenho receio que ele lhe queira fazer mal. O inspetor vigie bem o traste porque o fulano não é, com certeza, bem-intencionado. Além disso, trata-a mal, chama-lhe nomes, enfim, um fulano sem classe e sem qualquer educação!

Como é que eu sei, inspetor?

Um dia, saía eu do *campus*, no meu automóvel, reparo nos dois sentados na esplanada do café em frente ao portão principal.

A Lúcia levantou-se, de repente, e deu uma estalada na cara do ex-marido, deixando os clientes sentados nas imediações embasbacados a olhar para eles os dois. Depois, atravessou a rua e entrou no recinto do *campus*. Sem dúvida que o traste do Luís a ofendeu bem, para ter gerado nela uma tal reação. A Lúcia não costuma perder a compostura, a não ser que a coisa seja bem grave, inspetor.

Confesso-lhe que estou bastante preocupado, pois ela tem faltado à faculdade e não a consigo encontrar nos locais onde era costume ela aparecer e que acabei por ir conhecendo, na minha tentativa de conhecer os seus hábitos e de me ir aproximando dela, esperançado de que, um dia, começasse a olhar para mim com agrado. De facto, acho que tenho sido demasiado insistente, talvez até inconveniente, mas as minhas intenções são boas, inspetor. Creio que ela merece um homem que esteja ao seu nível, que a entenda e que partilhe dos seus interesses, ou seja, alguém como eu, pois como o inspetor bem sabe, sou, tal como ela, docente de Português e Latim na Faculdade de Letras da Universidade do Minho.

Não sei se isto que lhe vou dizer será de interesse para a sua investigação, mas descobri que ela andou a consultar, na biblioteca da faculdade, diversos volumes que contavam algumas histórias da Bracara Augusta, em particular um que falava da lenda de um tal *Quintus Pontius Severus* que teria sido sacerdote do culto imperial da Hispânia Citerior e que veio a tornar-se uma figura importantíssima na Bracara Augusta, tendo ocupado todas as magistraturas urbanas próprias de um cidadão romano de elevado estatuto, tendo chegado a ser edil ou duúnviro desta cidade. Bom, segundo o que li, este *Quintus* teria supostamente vivido em *Tarraco*, ou seja, a atual

Tarragona, antes de ter vindo para a *Galécia*, cuja capital era a cidade do império romano designada por Bracara Augusta, hoje a cidade portuguesa de Braga. Falamos do século I ou talvez II, depois de Cristo. A origem deste indivíduo é um pouco dúbia e é aí que entra a lenda: dizia-se que este *Quintus Pontius Severus* não era quem dizia ser, mas alguém que se fazia passar por ele. Há um texto que indica que o homem era, afinal, um mago egípcio, possuidor de grande fortuna, perito nas artes da alquimia e grande conhecedor das forças do oculto. Habitava uma casa senhorial nas imediações de uma fonte dedicada à deusa galaica *Nabia*, convertida posteriormente em santuário de uma suposta divindade referida como *Tongoenabiago*, cujo significado corresponde a *deus do rio pelo qual se jura* e que hoje é conhecido por Fonte do Ídolo, monumento nacional que encontramos na Rua do Raio, aqui na cidade de Braga.

Os textos que a Lúcia consultou referiam uma história de uma tragédia que teria envolvido este cidadão romano, cuja idade rondaria os cinquenta anos, a esposa, uma mulher muito mais jovem do que ele, supostamente teria apenas treze anos de idade quando casou com ele, e um jovem artista, um pintor, de nome *Marcellus*, que teria sido contratado para decorar o interior da casa senhorial. Surgiu, naturalmente, uma paixão entre os dois jovens, pois o aspeto juvenil do artista era muito mais apelativo do que o do ancião com quem tinha casado por interesses familiares e pelo qual não sentia qualquer tipo de afeto. Desempenhava o seu papel de esposa, como uma serviçal, apenas efetuando tarefas, conforme o seu marido as pedia, desde a gestão dos servidores da casa e dos pormenores domésticos até aos deveres conjugais, pelos quais ganhara verdadeira aversão.

Os textos referem que os dois jovens viveram um romance

intenso e que o ponto de encontro de preferência era a Fonte
do Ídolo, local habitualmente deserto nesse tempo, exceto nas
datas de romaria, bem definidas nos calendários da época. Tudo
corria bem para os dois até que, ao terminarem os trabalhos do
pintor na casa e este ter de partir, ambos combinaram uma fuga.
Alguém tê-los-á visto sair do templo e terá ido contar ao marido
de Lúcia. Conta-se que o falso cidadão romano, entendido
nas artes do oculto, terá invocado um espírito maligno e feito
um acordo com ele. Um servo, enviado atrás do casal em fuga,
conseguiu localizar os dois, escondidos numa cabana, na margem
norte do rio *Cadavus*, ou seja, o Cávado. Contou ao amo e este,
com a ajuda de mais dois servos, deslocou-se ao local no meio
da noite, entrou no casebre e, encontrando-os a dormir, ao lado
um do outro, desembainhou o seu gládio e degolou-os. Com o
sangue da jovem esposa escreveu, nas pedras que constituíam a
parede da habitação as palavras: *non potes effugere*. Diz a lenda
que o espírito maligno surgiu no meio de um fumo sulfuroso
e, com Quintus e os servos no exterior da cabana, converteu-a
numa imensa fogueira onde tudo foi consumido pelas chamas.
Os restos carbonizados de Lucia e Marcellus jaziam lado a lado,
na posição em que o cidadão romano os degolara.

Occidit eos

Estas histórias, inspetor, eram contadas pelos cidadãos
mais velhos da Bracara Augusta, ao serão, após o jantar e,
provavelmente, seriam baseadas em algum acontecimento
verídico do passado, sendo-lhe acrescentado, cada vez que se
contava a história e com o passar das gerações, mais um ou
outro pormenor, até que a narrativa acabava por se tornar

completamente inverosímil. O facto é que se descobriu perto da vila de Prado, próximo da margem do Cávado, uma pedra que se pensava fazer parte de um marco miliário, por estar muito danificada, mas que seria, provavelmente, uma lápide tumular onde se consegue, ainda, perceber, numa inscrição muito erodida, as palavras LVCIA ET MARCELLVS. Alguém terá comprado o terreno e construído uma moradia nesse local idílico, estando, ao que parece, a pedra de que lhe falo na posse do proprietário que desconheço quem seja. Se o inspetor quiser investigar, no entanto, não há que enganar-se. Procure a Casa do Bico, em Palmeira. Já lá estive a pedir para ver a pedra, mas um tipo mal-encarado que se apresentou como sendo o caseiro e guarda da propriedade, recusou-me a entrada. Achei por bem não o desafiar, inspetor, pois ele tinha um pastor alemão do seu lado que mostrava estar prontíssimo para ferrar os dentes em alguém, por isso não insisti e vim-me embora. Talvez o inspetor tenha melhor sorte...

V

ENTRE, inspetor. Sente-se nessa cadeira, por favor. Já dorme melhor durante a noite? Ainda não? Vamos ter de aumentar a medicação, estou a ver...

O quê? O inspetor deita-se na cama com o pijama vestido e acorda vestido com o fato de trabalho?

Sonha que viaja no tempo? Ao passado? Dá por si fora de casa, vestido com a sua roupa de trabalho e sem saber como?

Hum… talvez seja sonâmbulo.

O quê? Na última vez, acordou dentro do carro com o motor ligado?

Ficou com a sensação que tinha conduzido o carro a algures e não se lembra onde? Muito estranho, isso, inspetor…

✳✳✳

Percebe bem o que me está a pedir? Recomendar que o senhor seja fechado e guardado num quarto da ala psiquiátrica do hospital?

O quê? O senhor acha que está prestes a cometer um crime? Como assim? Talvez já o tenha cometido e não se lembra disso?

Se não se importa, aguarde uns minutos que já volto.

VI

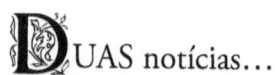UAS notícias…

14 de março de 2011

Incêndio destrói casa na freguesia de Palmeira, Braga

Um incêndio destruiu, segunda-feira de madrugada, uma moradia no Lugar do Bico, freguesia de Palmeira, deixando-a reduzida a cinzas.

"Os moradores da casa mais próxima estavam a dormir, ouviram um estrondo, acordaram e chamaram os bombeiros", disse à agência Lusa o comandante municipal da Proteção Civil, Jacinto Baptista.

Segundo a mesma fonte, o incêndio começou no quarto de dormir da habitação, situada na propriedade conhecida por Casa do Bico e, rapidamente, propagou-se pelos dois pisos, reduzindo toda a habitação a um montão de escombros calcinados.

"No meio do entulho, descobrimos os corpos carbonizados de dois adultos, presume-se que do casal que habitava a casa. O caseiro estava ausente, ao que se sabe devido a doença súbita", esclareceu.

O comandante municipal adiantou, ainda, que uma lápide foi encontrada, intocada pelas chamas, próximo dos corpos com uma inscrição em latim, *Non potes effugere* (não podes escapar). As causas do incêndio são desconhecidas.

No local, estiveram dois veículos de combate a incêndios e oito homens dos bombeiros voluntários de Braga.

* * *

19 de março de 2011

Braga: Inspetor da PJ suicida-se

Um inspetor do Departamento de Investigação Criminal da Polícia Judiciária de Braga foi ontem encontrado morto na sua residência, na rua de S. Sebastião, na cidade de Braga.

Agostinho Gomes da Silva, inspetor da polícia Judiciária, de 51 anos, foi encontrado pelas 14h30 do dia 18 de março, enforcado no seu próprio quarto. O agente estaria de baixa médica, em casa, a recuperar de um surto psicótico, segundo fontes clínicas do departamento de investigação criminal da PJ de Braga. Foi descartada a possibilidade de homicídio, pois todos os indícios apontam para que o inspetor se tenha suicidado, em consequência da perturbação mental de que padecia.

Os Bombeiros Sapadores de Braga já procederam ao levantamento do corpo que foi levado para o Instituto de Medicina Legal.

FIM

A REFORMA

I

A MUDANÇA de casa fora algo penoso, com imensos gastos imprevistos e incómodos, com algumas altercações e desentendimentos com as entidades responsáveis pelo transporte, mas, mesmo assim, menos frequentes do que com os vendedores imobiliários que fizeram dos últimos meses um inferno ao famoso escritor, Pedro Slimani, premiado não só pelos seus pares no seu país natal, Portugal, mas também, candidato por vários anos seguidos ao Nobel da Literatura. Quando, finalmente, lhe foi concedida a reforma da função pública, após 42 anos de serviço no ensino oficial e 66 anos de idade, decidiu retirar-se para uma pequena aldeia perdida no interior da Beira Alta e aí ficar oculto da imprensa e dos constantes pedidos de entrevista e de sessões de autógrafos que o seu editor e grande amigo, solícito, lhe encaminhava a partir de Lisboa.

O Pedro estava cansado do mundo e era tudo.

Queria fugir da cidade e das memórias que o atormentavam desde o tempo em que antes de ser conhecido mundialmente como escritor, era apenas um simples professor de Português do ensino básico. Fora já quase no final da sua carreira de docente que se divorciara da mulher com quem estivera casado durante mais de trinta anos, facto que o deixara algo desamparado e desorientado. Com o tempo recompôs-se, redefiniu prioridades e começou, então, a dedicar-se mais à escrita para compensar a solidão em que, de súbito, mergulhara e também para sobreviver à falta do amor e do carinho a que antes se habituara e que, agora, lhe pareciam inalcançáveis.

Tendo juntado um pecúlio que o deixava desafogado nesta parte final da sua vida, resolvera procurar um refúgio, longe das grandes cidades, inicialmente junto ao litoral. Os preços absurdos que lhe pediam, principalmente devido à especulação causada pelo aumento do turismo no litoral do país, quase o fez desistir de procurar. As agências imobiliárias, quais abutres à espera de debicar as suas economias até ao último cêntimo, estavam a desgastá-lo profundamente. Um colega e amigo da escola onde trabalhava levou-o, certo dia, num passeio de automóvel, à cidade da Guarda e, ao passar numa pequena povoação com o curioso nome de Almofala, viu um terreno arborizado dominado por uma moradia em pedra de aspeto cuidado e, indubitavelmente, alvo de recente recuperação, com o cartaz de uma agência imobiliária afixado na parede a dizer *VENDE-SE*, e os encantos dessa propriedade chamaram-no à atenção.

Resolveu ligar para o número de telefone do cartaz e, na semana seguinte, estava a visitar a propriedade e a conhecer a casa que tão boa impressão lhe causara. O preço pedido era totalmente aceitável e o facto de haver várias outras moradias por perto, mas a uma distância que permitia, ainda, bastante privacidade aos seus moradores, de envolver uma porção de terreno nas traseiras e de haver uma rua bem pavimentada que passava a cerca de dois metros do portão de entrada e conduzia ao centro da vila, decidiram-no a gastar, tranquilamente, uma boa parte das suas economias na compra dessa propriedade.

O vendedor fez questão de o acompanhar no dia da

mudança e indicou-lhe alguns estabelecimentos comerciais na proximidade que lhe poderiam ser úteis. Por volta da hora de almoço, os homens que procediam ao transporte da mobília para o interior da casa tinham acabado de transportar e colocar o ecrã de plasma na parede da sala, pondo assim ponto final nas mudanças, pelo menos naquele dia. Sendo já bastante tarde para fazer comida, resolveu montar na sua bicicleta e deslocar-se a uma tasquita nas proximidades, recomendada pelo agente vendedor da propriedade. O nome curioso do estabelecimento, *O Emigrante*, fê-lo imaginar que o botequim seria o negócio de algum indivíduo da terra, talvez imigrante em França, que se reformara e investira as economias nesse pequeno restaurante. A entrada, cuidada, mas pouco original vista de fora porque se assemelhava a muitas outras que caracterizavam o casario da vila, não fazia prever o encanto do interior, decorado com azulejos muito belos e com aspeto de serem antigos, vendo-se faianças, aqui e ali, finamente pintadas à mão no topo de cristaleiras e penduradas nas paredes. Todas as mesas tinham uma toalha de linho branca e imaculada e as cadeiras eram de mogno, elegantes e com estilo.

O Pedro ficou boquiaberto e, por uns momentos, pensou que tinha entrado num daqueles restaurantes finos de cidade que ele conhecia, como o *Escondidinho*, no Porto. Viu uma jovem mulher na parte interior de um balcão que ficava em frente da porta de entrada, de costas viradas para si, absorta no que lhe pareceu ser a lavagem de uns copos altos e esguios de imperial que, sem interromper o que estava a fazer ou mesmo se virar para ele, lhe atirou com um *Boa tarde*, acrescentando: "Pode sentar-se que o meu pai já o vai atender."

Um cheiro agradável a comida ao lume pairava no ar e,

num canto da sala, dois homens já de uma certa idade, sentados a uma mesa, tomavam o que ao Pedro pareceu ser café e uma bebida espirituosa de cor amarelada, servida num cálice de cristal.

O Pedro sentou-se numa mesa perto da janela. Tinha, a cobri-la, uma toalha de linho branca e imaculada. Dois pratos em faiança estavam dispostos, um em cada lado da mesa, com os respetivos talheres envoltos num guardanapo de tecido. Junto de cada prato, um copo de cristal, de pé virado para cima, completava o conjunto. Não havia um menu sobre a mesa, mas, virando-se para o bar, podia ver na parede uma ardósia pendurada com umas palavras escritas a giz que diziam: *Prato do dia – Filetes de bacalhau com arroz de feijão vermelho e grelos.*

Olhou pela janela, junto à sua mesa, e viu o brilho de um dia de céu azul e do sol do começo de verão. A rua, central à pequena vila que seria a sede de freguesia da sua atual residência, era encantadora, com o seu casario de pedra, típico da região. O toldo de uma frutaria era visível no canto direito da janela, com o desenho de algumas frutas tropicais. Uma parte da montra, visível para ele, tinha um papelão escrito com o preço do quilo de maçãs da Beira Alta. O Pedro disse para si mesmo que teria de lá passar, depois do almoço. De súbito, sentiu uma presença perto dele. Virou-se para o lado oposto à janela e um homem que aparentava ter uns cinquenta anos de idade dirigiu-se-lhe, nestes termos: "Boa tarde, caro senhor. Sou o Luís, dono deste estabelecimento e suponho que pretende almoçar, apesar da hora tardia."

"Assim é", respondeu o Pedro. "Espero que isso não lhe traga nenhum inconveniente, mas acabei de mudar para uma casa aqui perto e tenho estado a fazer a mudança. Só agora consegui uma pausa para poder comer qualquer coisa. Será que poderá arranjar-me algo?"

"Caro senhor, estamos abertos todo o dia e qualquer coisa se pode arranjar. O nosso prato do dia ainda não esgotou, por isso, se gostar de filetes de bacalhau, recomendo-os. Estão excelentes e vão, também, ser o meu almoço e o da minha filha."

"O senhor e a sua filha ainda não almoçaram?", perguntou o Pedro surpreendido e acrescentou: "E pensava eu que era o único que estava a querer almoçar fora de horas…"

"Costumamos fazê-lo depois da hora de almoço dos clientes e da população local, ou seja, dentro de mais ou menos quinze minutos. Não temos muitos clientes, como pode ver. A vila é pequena. Pessoas de fora são raras e muitas não param aqui. Por vezes, alguma vizinhança, sobretudo proprietários das casas mais modernas, vem aqui comer, como o senhor, por exemplo. Depois do almoço chegam, habitualmente, dois ou três clientes, vizinhos desta rua, para tomar café e uma aguardente ou um brandy, como aqueles dois ali sentados ao fundo da sala. Mas chega de conversa, que o senhor vem com fome. Quer que lhe arranje algo em particular? Por exemplo, um bom bife de vitela, bem ou mal passado, como quiser, acompanhado por arroz e salada. São dez minutos de espera e estará pronto."

"Não, os filetes de bacalhau parecem-me muito bem e, como já vim um pouco tarde e o senhor… Luís, não é?… e a sua filha ainda não almoçaram, gostaria de vos convidar para a minha mesa. As bebidas ficam por minha conta. Assim, continuaremos a nossa conversa e o Luís far-me-á o favor de satisfazer a minha curiosidade sobre esta terra onde tenciono ficar a morar e da qual sei tão pouco."

O Luís aceitou o convite e trouxe para a mesa um prato

com umas fatias de queijo e uma garrafa de vinho tinto. Disse ao seu cliente que já iria trazer a comida. Abriu a porta de onde tinha vindo e que Pedro supôs ser a porta da cozinha e pediu algo à filha que, entretanto, se tinha virado para este cliente de última hora. O Pedro apreciou o rosto da jovem que era de uma inocente beleza de adolescente, correspondente à voz jovial e virginal que ouvira antes. Quando o pai saiu de dentro daquela porta com uma tábua de madeira onde estavam um tacho de barro e um prato cheio de filetes, correu a ajudá-lo, pegando no prato dos filetes e numa tigela cheia de azeitonas pretas que tinha em cima do balcão. Depois, vieram sentar-se à mesa com o Pedro que os esperava.

Os filetes estavam divinais e o arroz, uma coisa do outro mundo... O Pedro não se lembrava de quando fora a última vez que comera uma refeição tão saborosa. O vinho, um tinto da região do Douro que o Luís fizera questão em trazer para a mesa, ao preço, dizia ele, do fornecedor, uma insignificância para o valor daquele néctar dos deuses, tornou aquele repasto inesquecível.

Foi a primeira das inúmeras refeições que o Pedro tomou, neste restaurante, perdido num lugarejo da Beira Alta, numa terra que ele pretendia que fosse o seu refúgio até a morte o vir reclamar.

"Ó Luís, como é que consegue manter este negócio e esta casa assim tão bem-posta?", perguntava o Pedro antes de levar à boca o copo com o néctar que o dono do estabelecimento trouxera para a mesa. "O lucro, se houver, deve ser mínimo... com tão poucos clientes."

"Caro amigo, sei que você é aquele escritor famoso que se mudou para cá e de quem todos falam por aqui e até na televisão", replicava o dono do estabelecimento, pegando também no seu copo. "Estava à espera que chegasse uma pessoa famosa de fora, como você, para divulgar a boa gastronomia deste restaurante e espero não cometer uma imprudência ao revelar-lhe qual a origem dos meus recursos financeiros. O amigo sabe, por acaso, quem deu o nome e pôs de pé este estabelecimento? Não? Vou, então, dizer-lhe, mas antes quero brindar consigo a que seja capaz de encontrar aqui a paz que procura."

Levantaram os copos, os três à mesa, e fizeram-nos tinir.

"Espero que a sua filha, tão nova, esteja habituada a beber álcool, pois a graduação deste vinho é para fígados habituados", observou o Pedro, defensor dos bons hábitos alimentares.

"O amigo que idade acha que tem a minha filha?", perguntou o Luís, com um sorriso irónico.

"Não lhe dava mais de dezoito anos", respondeu o Pedro.

"Tenho vinte e cinco", informou ela. "Não costumo beber bebidas alcoólicas, a não ser em ocasiões mais festivas, como acho ser hoje o caso. Tenho aqui um jarro sobre a mesa com sumo de laranja, que essa sim é a minha bebida de eleição. Se quiser, pode provar."

O Pedro observou com atenção esta jovem, pela primeira vez desde que chegara, e apreciou a beleza dos seus olhos castanhos, muito claros e perfeitamente delineados. O rosto esculturalmente simétrico, os lábios carnudos o suficiente e muito bem desenhados, a figura esbelta e um peito com algum volume, mas sem exageros, tornavam-na uma mulher muito atraente. A sua indumentária, calças de ganga e uma blusa leve cor-de-rosa, ou seja, roupas práticas adequadas para o trabalho, assentava-lhe na perfeição, acentuando as suas curvas naturais.

O Luís observava a inspeção que o seu cliente Pedro fazia

e, sem se perturbar, comentou: "Esta minha filha é bonita como a mãe e faz-me muitas vezes lembrar dela."

"E o que aconteceu à mãe dela?", perguntou o Pedro.

"Faleceu ao dar à luz."

"Lamento muito", disse o Pedro, em voz sumida e parando de mastigar, pois quase se engasgava ao ouvir a notícia deste trágico evento.

II

"QUEM construiu esta casa foi o meu pai...", continuou o Luís, aparentemente imperturbado com esta reação atrapalhada do seu interlocutor, "... nascido nas serranias aqui próximas e que, mais novo do que a Teresa, que é como se chama a minha filha, foi para Angola, antes da guerra colonial começar. Trabalhou trinta e cinco anos em solo africano, vinte deles ao serviço da maior empresa diamantífera dessa ex-colónia portuguesa, a Diamang, não sei se já ouviu falar. O meu pai, pouco antes do 25 de Abril de 1974, resolveu regressar definitivamente, a Portugal. A minha mãe que ele encontrou aqui, exatamente nas serranias à volta desta vila, conheceu-o num período em que ele veio a Portugal visitar a família, apaixonou-se por ele e ficou grávida de mim, pouco antes de o meu pai voltar para Angola. Ele só soube que era pai, já tinha eu nascido. Regressou mais uma vez para casar e levar-nos, a mim e à minha mãe para África. Vivi dez anos em África e voltei a Portugal com os meus pais, ainda o país era governado por Marcelo Caetano, um homem que, na altura se pensava, seria capaz de fazer a transição da política governamental ditatorial, herdada do Salazarismo, para uma democracia. Víamos com atenção um programa no canal de televisão estatal que era só um nessa altura, a RTP, intitulado *Conversa em Família*. Creio que foi para aí no ano de 1969 que esse programa começou a ser transmitido depois do telejornal. A minha memória já me falha, de vez em quando. Quantos anos me dá?"

O Pedro, apanhado de surpresa pela mudança de assunto, observou com atenção o seu interlocutor, enquanto a filha trazia para a mesa o que parecia ser uma sobremesa gelada de morango (ouviu-lhe, mais tarde, designá-la por torta gelada de morango).

A Teresa não parava e, ainda, trouxe para a mesa dois cálices e duas garrafas, uma de conhaque *Domecq* e uma de vinho do Porto *Kopke*. O Pedro, olhando para as garrafas e conhecendo o preço a que uma delas estava à venda, começou a esboçar alguma oposição, dizendo em tom jocoso que o vinho do Porto ainda poderia pagar, mas o conhaque estava um pouco acima das suas possibilidades. O Luís apenas lhe disse que essas bebidas espirituosas eram da sua garrafeira pessoal e que nunca lhe passaria pela cabeça cobrar algo que não tivesse sido pedido pelo cliente. Era um pequeno obséquio seu pela companhia e pela conversa interessante que o Pedro trouxera a este almoço que ele se preparava para fazer apenas em companhia da sua filha.

Retomando a conversa, o Pedro respondeu ao Luís, sendo o mais sincero possível: "Dou-lhe para aí cinquenta anos ou cinquenta e um, o máximo."

"Tenho setenta e um", respondeu o Luís. "Nesta terreola tenho pouca gente com quem conversar. Tirando a minha filha e um ou outro vizinho, às vezes um conhecido espanhol de Sobradillo, aqui próximo da fronteira, não me lembro da última vez que conversei tanto à refeição. Talvez quando a minha mulher e os meus pais ainda eram vivos, não sei... Tenho uma vaga lembrança...", continuou ele "de termos de sair à pressa de África, eu, o meu pai e a minha mãe. Viemos à socapa num avião de carga que transportava café para Lisboa. Fizemo-lo uns dias depois de o meu pai ter sido visitado, na casa onde morávamos, em Dundo, na Lunda, por uns quatro homens, um branco e três negros, das forças de segurança da Diamang. Procuravam alguma coisa que teria desaparecido das instalações e reviraram a casa sem encontrarem o que pretendiam.

"Mais tarde, vim a saber pelo meu pai que alguns mineiros tinham descoberto, na mina Lulo, um cofre contendo um diamante lapidado com mais de 128 quilates. Esta pedra era ligeiramente rosada e os negros que trabalhavam na mina assustaram-se, pois juravam que era uma pedra amaldiçoada e até chamavam ao diamante *Devorador de Almas*... Alguns brancos que trabalharam na Diamang e regressaram ao país de origem, trouxeram com eles uma compensação pelo seu trabalho, ou seja, alguns diamantes, escondidos entre a roupa que guardavam nas malas da viagem ou, até, em compartimentos secretos das referidas malas. O meu pai não foi exceção. Trouxe com ele uma verdadeira fortuna. Teria sido bom se ele tivesse ficado por aí. Infelizmente, não conseguiu resistir à tentação e trouxe, também, o *Devorador de Almas*... Era isso que os seguranças procuravam na casa que ficou, dias depois, abandonada e esquecida na Lunda. Resumindo, fugimos de África e o meu pai achou que nesta terreola onde moramos, nunca nos iriam encontrar. Para isso, não poderia haver notícias de um ricalhaço aparecer subitamente por estas bandas. Daí não haver sinais exteriores de riqueza que nos denunciem. Provavelmente, nem lhe deveria estar a dizer isto a si, apesar de já terem passado muitos anos", rematou ele, mudando para um tom sombrio de voz. "Não deveria ter bebido conhaque. Faz-me sempre desatar a língua."

O Pedro ficou, por momentos, a imaginar as aventuras que o Luís vivera durante a sua infância e juventude em África e isso entusiasmava-o, pois encontrava nelas o manancial para, quem sabe, escrever o seu próximo romance, aquele que lhe iria, desta vez, valer o Nobel que teimava em não lhe ser atribuído.

A sonolência causada pelo lauto repasto criou um estranho silêncio à mesa. O escritor quebrou-o, dizendo: "Sabe, Luís, comprei aquela propriedade que esteve à venda, a cerca de dois quilómetros para sul, no seguimento da estrada que passa aqui ao lado do seu estabelecimento."

"Eu sei", replicou ele, "fui eu que a pus à venda. Há várias casas e terrenos ao longo da estrada que eu herdei do meu pai. Como lhe disse, quando ele voltou de Angola, não veio de mãos a abanar. As propriedades estão todas em nome da minha filha. Apenas uma quinta que possuo em Figueira de Castelo Rodrigo e este restaurante estão em meu nome. Mas isso são outras histórias que, se as quiser ouvir (e a mim parece-me que vai encontrar aqui muito material para os seus próximos romances), poderei contar-lhas amanhã ao almoço, se vier à mesma hora de hoje. Gosta de marisco? Sim? Ótimo! Recebi uma caixa de camarão-tigre de Moçambique, enviada por um fornecedor muito meu amigo da Póvoa de Varzim. Vou fazer feijoada de camarão à minha maneira. A minha cozinheira, que também veio connosco de Angola, vai dar-lhe um toque africano que a vai deixar ainda mais deliciosa. Aviso-o já que o almoço de amanhã fica por minha conta. Afinal fui eu que o convidei..."

O Pedro, a caminho de casa, montado na sua bicicleta ia pedalando e digerindo a opípara refeição e aquela conversa inesperada e prolífica com o Luís do restaurante. Tinha feito um amigo e tinha usufruído, de uma só vez, de um repasto digno dos melhores restaurantes que conhecia e de uma série de histórias que poderiam bem fazer parte de um próximo romance seu. Estava a ser um ótimo começo desta presumivelmente derradeira etapa da sua vida. A sua vida, aparentemente privilegiada, tinha tido os seus altos e baixos que, em princípio, todas as pessoas se podem queixar de ter tido ao longo da sua existência. O seu refúgio devia-se à saturação e desgaste psicológico que o afligiam, ao ver a sua privacidade frequentemente invadida e pelo espoletar de memórias do seu casamento falhado que sempre o feriam quando percorria as divisões do apartamento onde antes morava, lá na capital. Esperava, neste lugar remoto, obter a estabilidade emocional e a tranquilidade que tornassem prazenteira esta parte final da sua vida.

III

QUANDO chegou, com todos os móveis e eletrodomésticos nos seus devidos lugares, o Pedro percorreu o interior da sua nova casa e apreciou, mais uma vez, os espaços acolhedores de que ela dispunha. Sentou-se no cadeirão do escritório e começou a desencaixotar as suas duas centenas de livros, entre os quais figuravam os sete romances que tinha publicado até esse dia. As estantes vazias aguardavam-nos e esse foi o seu trabalho do final da tarde. Depois, lembrou-se de que tinha trazido duas sandes de presunto do restaurante do Luís e uma garrafa de setenta e cinco centilitros de Chaminé, um vinho tinto alentejano que muito apreciava. Estavam pousados na mesa da cozinha ainda dentro do saco de plástico que servira para o transporte. Pegou num tabuleiro, colocou um copo, a garrafa e as sanduíches em cima, trouxe um saca-rolhas e foi até à sua sala. Sentou-se no sofá e ligou a TV, preparando-se para, em frente a ela, fazer esta refeição ligeira. Retirou a rolha de cortiça da garrafa, cheirou o aroma do vinho e deixou-o repousar um pouco, para respirar. Entretanto, os seus olhos pousaram na vidraça da janela panorâmica da sala e ignoraram a TV, cujo ecrã de plasma acabara de se iluminar. O sol começava a pôr-se, o estore estava ainda subido e ele contemplou com emoção a vista deslumbrante da serra que se recortava ao fundo dos campos de que ele era agora o proprietário. Sentia-se um rei, admirando os seus domínios. De repente, ouviu a sua voz vinda da parede onde estava pendurado o ecrã de televisão. O telejornal apresentava um excerto de uma entrevista sua, feita já há algum tempo para a TVI, onde o Pedro informava o público do seu desejo de se afastar dos circuitos mundanos que frequentava e o serviço noticioso acrescentava que o famoso escritor escolhera retirar-se para uma localidade da Beira Alta, mas não especificava qual. Havia ali mão do seu editor que terá proibido, através do advogado que representava o escritor, que fosse divulgado o lugar exato da sua residência, assegurando-lhe assim alguma privacidade.

Enquanto terminava a última sanduíche de presunto e

bebia o vinho que ainda descansava no copo, notou que o sol já se pusera e, agora, podia ver através da janela um céu cheio de estrelas. Desligou as luzes da sala para o poder contemplar com maior nitidez e abriu a ampla janela que deslizava para o lado, como se fosse a porta de uma varanda. Deslumbrante! O cheiro a campo e o cricrilar da noite de verão das Beiras encantava-o. Via, agora, o céu como se estivesse no planetário, lá em Lisboa. De repente, um ruído atraiu o seu olhar para baixo e pareceu-lhe ver um vulto que, cerca de uns vinte metros, à sua frente, ou seja, bem dentro da sua propriedade, caminhava em direção à serra. Segundos depois, o vulto diluiu-se na escuridão. Hum! Teria de arranjar um cão de guarda, pois alguém da vizinhança ou quem quer que fosse tinha, pelos vistos, o hábito de invadir a propriedade alheia à noite. Fechou a janela e correu os estores e cortinas e fechou bem todas as portas e janelas da casa. Não gostava de armas de fogo, mas, naquele momento, começava a pensar que talvez não fosse má ideia ter uma em casa.

Na manhã seguinte, foi acordado por um toque da campainha do portão. Levantou-se e, meio estremunhado e em pijama, dirigiu-se ao portão que servia de abertura do perímetro murado que envolvia a sua casa e uma parte do seu terreno, nas traseiras da habitação. Do lado de fora, espreitava um rosto jovem e bonito. Era a Teresa, a filha do Luís, que o saudou com um delicioso *bom dia* e lhe presenteou um saco de pano com quatro pãezinhos que deveriam, pouco tempo antes, ter saído do forno, pois ainda estavam quentes.

"Não se esqueça de que o meu pai está à sua espera para o almoço", atirou, enquanto montava a sua bicicleta e se preparava para fazer o caminho de volta para o restaurante. Acenou-lhe um adeus juvenil e o Pedro pensou que aquela bem poderia ser a filha que não teve. Assaltou-lhe, então, a memória da mulher com quem esteve casado durante duas décadas e a quem amou até ao fim. E o fim chegara, inesperadamente, como chegam sempre as más notícias.

"Já não te amo mais", dissera-lhe ela um dia. E só a viu, novamente e pela última vez, no dia em que assinou os papéis do divórcio, para evitar uma crise histérica, resultado de um desarranjo mental que acabou por a levar a ser internada num hospício, dias depois.

Após ter tomado um duche, de se ter vestido e tomado o pequeno almoço, o Pedro pegou na bicicleta, abriu o portão das traseiras e dispôs-se a percorrer aquele caminho que atravessava o seu terreno e que parecia dirigir-se ao monte que podia ver a uma distância de cerca de dois quilómetros e que deveria fazer parte da Serra da Morofa ou da Marofa, como também lhe chamam, por estas bandas. Há quem diga que Morofa é o nome correto, pois derivará de *mor*, significando maior, e *ofa*, querendo dizer monte. O caminho fazia-se bem de bicicleta e o Pedro bem gostava de saber quem era a pessoa que, pela noite dentro, no meio da escuridão se atreveu a percorrer a pé aquele caminho. O vulto, apesar de pouco nítido, dera-lhe a impressão de pertencer a uma mulher, pela forma de andar, mas não tinha a certeza. Se fosse, de facto, uma mulher ainda seria mais estranho. Poderia, no entanto, ter apenas percorrido uns metros e desviado para outra casa que existia nas proximidades, a cerca de uma centena de metros para leste. Desconhecia completamente quem eram as pessoas que viviam na sua vizinhança e quais os seus hábitos. Poderia bem vir atrás de um animal doméstico que lhe tivesse fugido. Quem sabe?

A paisagem era deslumbrante. Quando chegou ao sopé

do monte verificou que não conseguiria subir as vertentes inclinadas com a bicicleta e, por isso, decidiu voltar para trás, vendo assim, de outra perspetiva, a sua casa, o seu terreno e as casas da vizinhança. Uma delas pareceu próxima o suficiente para ser provável que fosse daí que o vulto misterioso tivesse saído. Resolveu, quando regressou a casa, levar uma garrafa de vinho do Porto aos eventuais moradores só com o intuito de investigar quem aí residia. Tocou à campainha e veio à porta uma mulher que aparentava ter uns cinquenta anos, algo volumosa. Não, esta não correspondia ao vulto que vira no seu terreno, altas horas da noite. Perguntou-lhe se era a dona da casa e esta respondeu que era a empregada doméstica. Os donos, dois idosos, o homem octogenário e a mulher, quase a chegar a essa idade, estavam ainda recolhidos no quarto. A empregada perguntou-lhe se desejava falar com o senhor Vilaça, o dono. O Pedro respondeu que não valia a pena incomodá-lo, que era o vizinho, dono da propriedade que começava aí a uns cinquenta metros a oeste e que lhe trazia uma pequena oferta de cortesia por se ter mudado recentemente para a casa mais próxima. Era o Pedro Slimani, professor aposentado, e qualquer coisa que precisassem era só descer a estrada e tocar-lhe à campainha. Perguntou, entretanto, se havia mais alguém a morar naquela casa. A mulher respondeu que não, que os filhos do casal moravam longe, um no Porto, outro em Coimbra, e que quase nunca vinham visitar os pais. Ela tomava conta deles o tempo todo e, se fosse preciso, pegava no carro para os levar ao hospital ou a qualquer lugar que fosse necessário. Vivia ali com eles e isso não a incomodava. Tratavam-na bem, como se fosse sua filha, e isso, para ela, bastava.

O professor Pedro voltou a casa e, assumindo o papel de

escritor, sentou-se à secretária e começou a rabiscar uma frase no papel: *Um Vulto na Noite*. Ficou a olhar para este título com um ar insatisfeito. Não. Teria de arranjar um título mais imaginativo. Ligou o seu computador portátil, abriu o processador de texto e começou a escrever. Quando deu por si, olhou para as horas e assustou-se. O Luís e a filha estavam à espera dele para almoçar e ele teria que pedalar bem para não chegar atrasado. Ajeitou-se o melhor que pôde, fechou o portão da casa à chave e saltou para o selim da bicicleta. Quando chegou ao restaurante ia ensopado em suor. Encontrou, como na primeira vez, a sala praticamente vazia. Agora, apenas um ancião ocupava uma mesa no outro lado da sala. Tinha estado a almoçar e pedia a conta. A Teresa estava com ele a atendê-lo.

"Gostou do almoço, senhor Tomás?"

O velhote, num murmúrio, apenas respondeu: "Estava bom, mas o feijão dá-me gases."

"Podia ter pedido outra coisa", replicou a Teresa "e nós fazíamos-lhe um peixinho grelhado, senhor Tomás. O senhor insistiu que queria a feijoada de marisco..."

"Não se preocupe, menina. Com a minha idade tudo me dá gases e a feijoada estava bem boa!", concluiu ele, passando-lhe uma nota de dez euros para a mão.

O Pedro cumprimentou a Teresa e, nesse momento, o Luís saiu da cozinha com uma panela de barro e colocou-a sobre uma mesa próxima do balcão, que estava posta para três pessoas.

"Olá, Pedro, venha sentar-se à mesa. Estávamos à sua espera", convidou ele, de sorriso aberto.

O Luís esperou que o cliente idoso saísse e fechou a porta de entrada, deixando pendurado na porta, lá fora, o aviso: FECHADO. O ESTABELECIMENTO REABRE ÀS 19

HORAS.

O Pedro preparou-se para degustar mais uma saborosa refeição, uma feijoada de marisco, preparada pelo proprietário, auxiliado pela sua cozinheira, uma africana da Lunda que o pai do Luís trouxera de Angola quando regressou definitivamente a Portugal. O Luís levou para a mesa uma garrafa de um vinho tinto do Douro, com o curioso nome de Papa Figos e com o desenho de uma ave que é designada por esse nome no rótulo. A Teresa trouxe um prato com fatias de queijo Serra da Estrela e um cesto com fatias de pão caseiro, ainda morno. Escusado será dizer que a delícia deste manjar só teve rival na conversa interessante entre estes interlocutores à mesa, interrompidos ou coadjuvados por algumas ocasionais achegas ou intervenções da Teresa que, atentamente, escutava, entre uma e outra garfada, quer um quer outro, como se estivesse numa aula. Só faltaria, também, puxar de um caderno e tomar notas...

"Sabe, Pedro", começou o Luís "o meu pai era um aventureiro, um autêntico Indiana Jones da Beira Alta. Chegou a viver entre os nativos durante um certo tempo e foi numa aldeia da Lunda Norte que ele conheceu a Lueji, a nossa... hum... cozinheira. Saiba que ela era uma mulher reverenciada por todos na região porque afirmavam que ela era a reencarnação de uma rainha feiticeira do, então, reino da Lunda, e essa, ao que se sabe, viveu no século XVII e chamava-se precisamente Lueji, Lueji A'Nkonde. O Império da Lunda, como também era designada a região, entre finais do século XVI e finais do século XIX, abarcava os atuais territórios do nordeste de Angola, do noroeste da Zâmbia e de grande parte da República Democrática do Congo. A capital, Mussumba, foi um importante entreposto comercial, cuja economia se baseava na fundição de metais e no tráfico de escravos. Uma paixão fez colapsar, no seu auge, este império africano. Lueji apaixonou-se por um caçador, Tchibinda Llunga, irmão do rei do vizinho reino da Luba, que abandonou o reino a que pertencia e casou-se com Lueji, mesmo com todos os obstáculos e a revolta que esse evento causou entre a aristocracia lunda, que não aceitava esse enlace... A queda do primeiro império da Lunda deu-se no século XVII, aquando da disputa pela herança do trono de Lueji A'Nkonde, fazendo este reino dividir-se em outros três: Lunda-Luba, Lunda-Tchokwe (o qual continuou a governar) e Lunda-Andembo. O reino de Lunda-Tchokwe tinha, por volta de 1680, cerca de 150 000 quilómetros quadrados de área e era onde as principais jazidas de diamantes se encontravam. Numa delas descobriram um cristal, grande como um coração humano, que levaram à presença da rainha e lho ofereceram. A partir daí, Lueji transformou-se numa rainha cruel e autoritária que governou o seu povo com pulso de ferro até morrer de morte súbita por volta de 1670. Diziam os nativos que o cristal devorou a sua alma. Daí a lenda do *Devorador de Almas*."

IV

PEDRO ia tomando notas mentalmente para o seu romance. Estava como a Teresa: a beber das palavras do Luís, enquanto levava à boca um naco de camarão-tigre que lhe estava *a saber pelas almas*, aproveitando esta expressão, já que era esse o tema da conversa recente entre eles.

"Para lhe dizer a verdade", continuou o Luís depois de levar à boca o seu copo de vinho e fazendo uma pequena pausa para apreciar o prazenteiro gole que deu "foi a Lueji quem conseguiu que saíssemos de Angola sem sermos intercetados ou impedidos por quem quer que fosse. Escapulimo-nos da então colónia portuguesa como sombras, apesar de haver gente ao serviço da empresa diamantífera que nos tentava localizar, alcançar e impedir a nossa fuga. Não sei como ela fez, mas conseguimos chegar a Portugal sem que fôssemos incomodados pelas autoridades... O meu pai guardou, em lugar seguro que só ele conhecia…", prosseguiu o Luís, "... os muitos diamantes que trouxe e que constituíam uma imensa fortuna, assegurando assim um completo e generoso desafogo financeiro para as futuras gerações da família que constituíra. Este restaurante que, por fora, quero que permaneça sempre humilde no aspeto, como aliás me pediu expressamente o meu pai, é apenas fachada e algo que fará ruir as suspeitas de que somos detentores de uma fortuna imensa, adquirida ilegalmente, porque, de facto, estes diamantes que o meu pai trouxe eram propriedade da Diamang. Assim como o *Devorador de Almas*, embora este seja um caso à parte."

O Luís fez uma pausa e a Teresa levantou-se e trouxe para a mesa uma sobremesa gelada de frutos vermelhos que o Pedro se preparou para degustar e aproveitou para colocar, a este extraordinário indivíduo que tinha uma história incrível de vida, uma questão que achou pertinente.

"Ó Luís, está perante uma pessoa que conheceu há pouco tempo, a confessar que é detentor de uma enorme fortuna, adquirida de forma ilegal, e isso não o assusta, não receia que alguém o possa trair e informar as autoridades?"

O Luís, com um sorriso estranho, um esgar quase sinistro, respondeu: "Sabe, Pedro, mandei fazer uma investigação profunda sobre quem era aquele escritor que vinha comprar a minha propriedade e instalar-se na casa que pertencera ao meu pai e à minha família. Soube que estava reformado da sua profissão de professor e que resolveu retirar-se da confusão e bulício da capital para se refugiar numa aldeia da Beira para escrever durante os seus últimos anos de vida. Que não tem ninguém que o venha visitar, nem mesmo aqueles amigos lá de Lisboa, porque não os informou de qual o lugar para onde ia. Sei que posso confiar em si, porque me parece ser alguém que foge do mundo que o pressiona e de recordações penosas e que exige de si mais do que aquilo que pode dar. Aqui está a salvo… até a Morte o levar. Será feliz, garanto-lhe. Olhe, ficará mais tranquilo quando conhecer a Lueji, a minha cozinheira. Ela tem esse efeito sobre as pessoas. Tranquiliza-as e fá-las esquecer todos os problemas que as afligem."

O Luís levantou-se da mesa e, fazendo um gesto para o Pedro o acompanhar, dirigiu-se à cozinha. Abriu a porta e entraram os dois. Era uma cozinha ampla, sem qualquer refeição ao lume. Aliás, estava limpa e reluzente como se nunca tivesse sido usada. Uma porta que dava para as traseiras estava aberta de par em par. Via-se, através dela, uns campos como os que o Pedro via da janela panorâmica da sala da sua casa, com o recorte, ao fundo, das colinas que formavam o começo da serra. O Luís chamou em voz alta pela cozinheira. Ninguém respondeu. Assomaram, ele e o Pedro, à porta das traseiras e, de repente, ouviram por detrás deles uma voz suave e enfeitiçante: "Chamou, patrão?"

Uma mulher de tez acastanhada e com aspeto de ter entre

trinta e quarenta anos de idade, vestida com roupas coloridas, mas asseadas e com algum gosto, olhou diretamente nos olhos do Pedro.

De onde surgira ela? Não se via nenhuma porta, de uma despensa ou de outro qualquer cubículo habitual nas cozinhas de restaurante. Parecia que a mulher tinha surgido do nada.

"Lueji, apresento-lhe o professor e escritor Pedro Slimani. É o nosso vizinho mais recente e comprou a casa que a nossa família possuía na Quinta da Torre."

"É um estrangeiro como eu?", perguntou ela com aparente curiosidade.

"Não, minha senhora. Nasci em Portugal, em Setúbal, mas o meu avô era argelino, nascido em Argel."

"Africano como eu... que interessante", observou ela. "Espero que tenha gostado do almoço e que continue a ser nosso cliente. Verá que o seu estômago irá agradecer."

Dito isto, de uma forma muito simpática e graciosa, murmurou algo numa língua estranha e de timbre africano, fazendo um sorriso aberto que o Pedro achou pouco natural, e virou-lhe as costas, caminhando na direção da porta aberta das traseiras.

É ela!, pensou o escritor. *É esta a silhueta do vulto que vi nos terrenos da minha casa, na calada da noite!*

Viu-a sair, meneando-se de forma felina, qual pantera negra das savanas do Quénia.

Ao voltar para a mesa, decidiu perguntar ao Luís se sabia onde ia dar o caminho de terra batida que atravessava os terrenos das traseiras da casa que lhe comprara e que, sabia agora, tinha sido restaurada e fora antes a casa dos pais do proprietário do restaurante. Este olhou para o Pedro e, com ar incrédulo, observou: "Não acredito que você, um escritor curioso e esclarecido e que, provavelmente, já pesquisou na Internet sobre a região, não saiba que no alto da colina que vê em linha reta, no fim desse trilho, escondida entre o arvoredo, se encontra a ruína de um templo romano do século II, dedicado a Júpiter. Tem de o visitar, durante o dia. É um lugar fantástico. Não lhe aconselho uma visita noturna, porém. Dizem que, à noite, as almas dos mortos dançam entre as ruínas, devido a um antigo encantamento que as atrai aí."

O Pedro olhou para o Luís e sorriu-lhe, como que lhe custando a acreditar que este seu novo amigo era, apesar do racionalismo e conhecimento demonstrados nas conversas que tiveram, supersticioso como qualquer popular menos instruído.

"Não me diga que alinha nessas crendices locais, Luís."

"Não o faço de ânimo leve, Pedro. Alguma coisa anormal se passa ali durante a noite. Consta que uns dois velhotes que moravam perto da sua atual casa disseram, um dia, aos familiares, que iam fazer um piquenique para perto das ruínas romanas e, desde então, nunca mais foram vistos. Houve buscas durante dias e nenhum vestígio deles foi encontrado ao vasculharem uma área circular com a dimensão de uns três campos de futebol, em redor das ruínas do templo romano. Muito estranho, não acha?"

"Já vejo que o Luís está a querer mesmo convencer-me a fazer uma visita ao local. Pois bem, convenceu-me. Amanhã mesmo, pela manhã, farei o meu passeio matinal até às ruínas romanas."

"Quando voltar, espero que me dê novamente o prazer da sua companhia, à hora do almoço. Aliás, ia propor-lhe o seguinte: o Pedro mora sozinho e ainda não contratou uma empregada doméstica. Como tal, tomará as suas refeições aqui, fazendo-me companhia e só pagará no final de cada mês, a um preço de custo, ou seja, cento e oitenta euros. O que acha?"

"Não queria abusar da sua amabilidade Luís e o que me tem servido é muito mais que cento e oitenta euros. Por isso, a minha reforma permite que lhe pague duzentos e cinquenta por mês e só aceitarei a sua generosa proposta se concordar com, pelo menos, esse valor."

"Você é mesmo especial, Pedro. É a primeira vez que discuto com um cliente para ele pagar menos e ele recusa! Já o considero da família. A minha filha também gosta muito de si. Acho que até a Lueji engraçou consigo. O Pedro é uma das poucas pessoas que sabe que o dinheiro não me faz falta. Confesso que, com todas as aventuras que vivi em África e em outras partes do mundo e que gostaria de partilhar consigo, até lhe pagava para poder usufruir da sua companhia à hora da refeição."

E dito isto, brindaram com um cálice de conhaque que, seguramente, custaria uma exorbitância nos melhores restaurantes.

Na manhã seguinte, após tomar um pequeno almoço bastante energético, o Pedro saiu para o quintal, abriu o portão de rede que dava para o terreno amplo que comprara por um preço muito acessível e caminhou até ao carreiro que parecia conduzir à colina que se apresentava sobranceira e que o escritor, da janela panorâmica da sala da sua casa, todos os dias contemplava com curiosidade. Seguira o conselho do Luís e deixara a bicicleta na garagem. Desde que chegara e se instalara nesta localidade do município de Figueira de Castelo Rodrigo, era a primeira vez que fazia um trajeto inteiramente a pé. O dia estava magnífico e o ar puro que lhe enchia os pulmões levou a sua mente a divagar pelo desperdício que foram os últimos anos da sua vida na capital, do estado de saúde da que fora sua mulher durante tantos anos e do traumatizante divórcio que lhe cortara a inspiração, antes profícua, e que o decidira a querer refugiar-se neste fim do mundo.

A solidão, agora que estava realmente longe de tudo e de todos, não a sentia tão intensa como quando vivia em Lisboa. Sentia-se rejuvenescido e voltava a ter algum prazer em viver. Quando alcançou a encosta íngreme da colina que o fizera parar no outro dia e voltar para trás, porque trazia consigo a bicicleta, parecia-lhe esse declive agora mais acessível e até convidativo. Foi sem custo que começou a subir pelo que lhe pareceu ser uma passagem escondida por entre dois pedregulhos cobertos de musgo. Pouco depois, a subida tornou-se menos inclinada e, uns poucos metros adiante, o Pedro chegava a uma zona plana, no topo da colina, onde ruínas de um edifício que parecia ter sido uma torre de vigia se destacavam no meio de arbustos e ervas daninhas. Havia algo de lúgubre no aspeto daquela ruína e o Pedro não conseguiu evitar um arrepio que lhe pôs de pé todos os poucos cabelos que ornavam a sua cabeça. Cautelosamente, transpôs as pedras da entrada e uma área quadrangular semelhante ao interior de uma capela, pejada de entulho e ervas daninhas, estava ali, silenciosa, como se esperasse a sua visita. Receoso de tropeçar numa pedra saliente ou torcer o pé em algum buraco no chão, ia de olhos baixos a perscrutar o solo e acabou por se sentar numa pedra grande onde se podia ler, com alguma dificuldade, uma inscrição em latim. O Pedro só conseguiu perceber as palavras *IOVI, CIVITAS* e *COBELCORVM*. A primeira significa Júpiter, um dos deuses do panteão romano e as duas outras que apareciam sobrepostas significariam algo como *Cidade dos Cobelcos*.

O Pedro já tinha ouvido falar dos Cobelcos, esse povo misterioso, talvez membros de uma distante tribo lusitana pouco conhecida que habitava estas regiões, por volta do ano 230 a.C.

Sentou-se sobre a pedra, cerrou os olhos e inspirou fundo, tentando captar a alma do lugar. O céu azul, uma brisa ligeira e suave, o abraço de um fim de manhã glorioso dava-lhe aquela alegria de viver de que necessitava e que a vida mundana da grande cidade constantemente lhe negara. Levantou-se e começou a percorrer os cantos do edifício em ruínas. Ouvia, aqui e ali, um remexer da folhagem, provavelmente um rastejar de uma cobra ou a corrida desenfreada de um roedor. Não lhe ligou grande importância e continuou até chegar a uma espécie de cubículo, cujas paredes estavam ainda de pé e o teto com algumas rachas ainda se segurava, praticamente incólume, aos alicerces, mesmo após séculos de decrepitude. Olhou lá para dentro e, apesar de se perceber que o espaço era diminuto, tudo estava mergulhado numa anormal escuridão. Ouviu um sussurro, como o vento a passar pelas frestas do edifício, e arrepiou-se, pois pareceu que aqueles sons eólicos diziam o seu nome: Peeedroo! Parecia que o estavam a chamar de debaixo da terra, de dentro daquele cubículo escuro. O Pedro aproximou-se mais e, de repente, estacou. Um súbito clarão do sol permitiu que ele visse uma abertura no solo, escondida na escuridão, e caso ele desse mais um passo para o interior daquela divisão, seguramente cairia dentro dela. Tratava-se de um poço que estava coberto por aquela espécie de cabine que o escritor verificava, agora, ter sido construída muito depois do edifício do templo, daí que se encontrasse em melhores condições. Provavelmente, teria sido construída para evitar que visitantes incautos, como o Pedro, caíssem inadvertidamente dentro do referido poço. Estranhou, no entanto, que tudo estivesse às escuras. Olhou para o chão à volta do pequeno compartimento e descobriu uns pedaços de madeira que pareciam ter pertencido a uma porta e ainda se podia ver, num deles, tinta negra que mostrava o que parecia ser a cavidade ocular de uma caveira desenhada. Ouviu de novo chamar o seu nome, desta vez mais nítido e mais próximo. Voltou à sala escura, deu um pequeno passo e tentou espreitar para dentro da abertura no chão. De súbito, sentiu uma tontura e pareceu-lhe ouvir a palavra *VEM*. Não conseguia resistir, tinha de avançar. Ia dar esse impulso fatal quando sentiu umas mãos fortes a agarrá-lo pelos ombros e a fazê-lo recuar: "Cuidado, meu amigo, há aí um poço traiçoeiro! E pelo que sei, é bem fundo. Não avance mais, por favor!"

A voz era familiar. Era o Luís que, inesperadamente, apareceu mesmo a tempo. Despertando daquele estranho torpor, o Pedro virou-se para o Luís e, com uma expressão de agradecimento no rosto, perguntou-lhe o que estava a fazer por aqueles lados. Ele respondeu que tinha passado na casa do Pedro e, vendo que ele não estava e lembrando-se do que este lhe dissera no dia anterior, à refeição, resolvera vir até às ruínas, ao seu encontro. E felizmente que o fizera, pois o amigo parecia decidido a conhecer as profundezas do poço.

Retiraram-se os dois e fizeram a caminhada de regresso à casa do Pedro, conversando animadamente. O Pedro esquecera completamente o incidente, como se não tivesse acontecido, de todo, e quando o Luís se referiu ao assunto, durante o almoço, olhou para o amigo, boquiaberto.

"Acredite que não me lembro de ter estado perto de qualquer poço ou buraco no chão! Será que comecei, de repente, a sofrer de amnésia?", perguntava ele, incrédulo.

V

NA SEMANA seguinte, o Pedro viu-se privado da companhia do Luís, porque este tivera de ir em viagem de negócios a Antuérpia, na Bélgica. A filha acompanhou-o e o restaurante foi encerrado temporariamente. Lueji fazia a limpeza e a manutenção do espaço todos os dias e atendia alguns fornecedores habituais, apesar de o estabelecimento não estar aberto ao público.

O Pedro aproveitou para dormir, escrever e cozinhar. Não sentiu vontade de voltar às ruinas romanas, no topo da colina, pois não conseguia ainda explicar o hiato na sua memória, entre o momento em que assomou à porta do estranho compartimento no interior do templo e o momento em que ouviu a voz do Luís a chamá-lo. A semana decorreu tranquila, exceto numa noite em que estivera no escritório a escrever até tarde, até cerca das três horas da madrugada. O Pedro ouviu alguém chamá-lo do lado de fora da janela daquela divisão da casa que dava, como a sala, para as traseiras. Abriu a janela e uma brisa muito fria, pouco habitual da estação, irrompeu pelo escritório adentro, como se tivesse vida própria. Lá fora, só havia escuridão absoluta para além da reduzida área onde se projetava a luz que vinha da casa e nem uma estrela se via a brilhar no céu. Do meio da escuridão, ouviu uma voz feminina que lhe dizia, em tom de súplica: "Vá-se embora. Não continue por cá se tem amor à sua alma!"

O Pedro forçou a vista para tentar vislumbrar quem era a

mulher que o interpelava desta forma tão surpreendente. Não conseguindo o que pretendia, correu rapidamente para a porta das traseiras, levando consigo uma lanterna e destrancou a porta o mais depressa que conseguiu. Apontou o foco em várias direções e nada viu. Olhou, ao longe, na direção da colina e pareceu-lhe ver, durante uns segundos, umas luzes que, tal como pirilampos, esvoaçavam lá no alto do monte. O silêncio absoluto à sua volta e a ausência de luminárias no céu, deixaram o escritor subitamente amedrontado. Até a invulgar aragem fria da noite lhe gelou a alma. Quase correu para dentro de casa, tal o sentimento de desconforto que se apoderou dele. Apeteceu-lhe meter-se na cama e cobrir-se com um cobertor, apesar de não se estar ainda no Outono. Trancou todas as portas, correu todas as persianas e, depois de desligar as luzes da casa, fechou-se no quarto. Com um aperto no coração, vestiu um pijama quente e deitou-se. Custou-lhe bastante a adormecer e, quando finalmente conseguiu, sonhou que estava a subir na sua bicicleta, por cima de penedos e moitas, como se esta subitamente adquirisse asas e voasse sobre a colina que via das janelas da sua casa até à torre, templo romano de Júpiter. A sua bicicleta conduzia-o a uma velocidade vertiginosa pelas ruínas romanas adentro, diretamente para o poço, para dentro daquele compartimento de uma era mais recente. Sentiu-se a cair no poço, sentado no selim da bicicleta. De repente, no meio da escuridão do poço, estacou. Estava parado e uma pequena luz amarela e brilhante esvoaçava por cima dele. Sentiu, então, uma presença por detrás dele. Virou-se e viu, banhada por uma luz diáfana, uma mulher de aspeto jovem. Era bonita e o Pedro achou-a muito parecida com a Teresa, a filha do Luís. A mulher olhou para ele diretamente nos olhos e disse: "O senhor não imagina o perigo que corre por vir aqui. Vá-se embora. Não continue por cá se tem amor à sua alma!"

Apesar de sentir que estava a sonhar, o Pedro teve a impressão de que esta aparição não era apenas fruto do seu subconsciente. Algo lhe dizia que deveria levar este aviso muito a sério e, quando despertou, lá para as sete da manhã, lembrava-se de tudo o que sonhara ao pormenor, coisa que era pouco habitual para ele. Na realidade, raramente se lembrava do que sonhava, supondo que sonhava, de facto, todas as noites.

Com o passar dos dias, o sonho acabou por ser esquecido e não o incomodar muito mais. No entanto, decidiu não voltar às ruínas do templo-torre romano, pelo menos por ora. Escreveu, comeu e dormiu um pouco mais sossegado nas semanas seguintes. Fez um passeio até Viseu e viu, no mercado municipal, uma jovem que vendia uns cachorritos da raça *cão de água português* e comprou um, de pelo negro espesso e farto, com uma pequena mancha branca na barriga. Quando crescesse iria para uma casota no quintal nas traseiras da casa e rosnaria e ladraria perante a passagem junto ao portão dessas pessoas estranhas, sombras ou almas penadas que pareciam querer vaguear pelo seu terreno, à noite. Sentir-se-ia mais tranquilo com toda a certeza, nessa altura. Por enquanto, era um cachorrito inofensivo e ficaria no interior da casa. Havia um pequeno espaço na lavandaria perfeito para colocar uma casota para ele dormir. Iria chamar-lhe Zulu, por ser negro como carvão e por lhe lembrar um cão preto, com o mesmo nome, que tivera em criança e que fora atropelado na rua por um automóvel.

Com aquela companhia, o Pedro começou a andar um pouco menos tenso pela casa. A ausência do Luís e a rotina sem vida social a que estava pouco habituado tinham-no deixado algo deprimido. Mas, caramba, ele escolheu exatamente esta mudança por estar farto, como ele dizia, das pessoas e de ver a vida privada escrutinada impiedosamente pelos *media*. Afinal, será que se equivocou e, na realidade, o contacto humano, o receber atenções constantemente, pelas melhores e pelas piores razões, lhe fazia falta?

Provavelmente, o fim do verão e a chegada de um outono mais frio do que o costume, estavam a fazê-lo duvidar das razões por que procurara aquele exílio. Felizmente, a sua produtividade literária atingira níveis semelhantes aos de quando começara a escrever e isso deixava-o um pouco mais satisfeito. Inspirado em histórias que o Luís lhe contara, já tinha um texto de mais de duzentas páginas cheias de aventuras e emoção que o convenciam de que era desta que o Nobel não lhe escaparia.

Foi, contudo, com muita satisfação que, numa certa manhã, ouviu tocar a campainha da porta e viu, no lado de fora do portão que separa a sua propriedade da estrada que conduz ao centro da vila, o rosto jovem e bonito da Teresa que, com um sorriso aberto, lhe entregava pão quente para o pequeno-almoço, enquanto lhe dizia que era esperado no restaurante à hora do almoço, para um cozido à portuguesa. Ela e o pai tinham muito para lhe contar sobre a viagem que tinham acabado de fazer à Bélgica. O Pedro aproveitou a ocasião para lhe apresentar o Zulu e, ao depositá-lo nos braços da jovem, fê-la exclamar *oh, tão querido!* mais de uma dezena de vezes, enquanto ela fazia festas e abraçava o animal que lhe retribuía o afeto, lambendo-lhe a cara.

Quando, perto da hora de almoço. foi ao quintal buscar a bicicleta para se pôr a caminho do restaurante do Luís, não a encontrou dentro do barracão que mandara construir naquele recinto das traseiras para guardar algumas ferramentas de que dispunha e, também, o seu veículo de transporte de eleição. A porta do barracão estava fechada a cadeado e o portão do quintal que dava para o terreno à volta da casa encontrava-se fechado à chave. Como desapareceu, então, a sua bicicleta? Será que se tinha esquecido de a trazer para dentro de quintal e a deixara no lado de fora? Abriu com a chave o portão do quintal e espreitou à direita e, em seguida, à esquerda. Não, a bicicleta não estava ali. Colocou a mão direita em pala, junto às sobrancelhas. A cerca de uns duzentos metros na direção da colina na sua frente, havia algo no chão, bem no meio do caminho de terra que levava à passagem para o alto da colina. Fechou o portão no trinco e dirigiu-se para aí. Deitada no chão, estava a sua bicicleta suja e cheia de pó. Gravada numa pedra na berma do caminho via-se nitidamente esta mensagem: fuja!

VI

O CHEIRO da hortaliça e das carnes cozidas, em particular o odor dos enchidos, perfumava o interior do restaurante do Luís. Como em outras ocasiões, havia clientes sentados nas mesas da ala direita, próximas da entrada da cozinha, que terminavam o seu almoço. Curiosamente, uma dessas mesas era ocupada por um casal já idoso e a outra por dois homens também já não muito jovens e que tinham um ar típico de lavradores, quiçá donos de quintas da região, onde era produzido o vinho servido nas tabernas locais, de Almofala até Figueira de Castelo

Rodrigo. O Pedro nunca vira, desde que se mudara para esta terra, crianças ou jovens sentados nas mesas ou ao balcão do estabelecimento do Luís. E, agora que pensava nisso, nem os vira a percorrer a rua do restaurante. Onde estavam os jovens casais e as crianças da terra? Para já, só conhecia uma jovem: a Teresa. Tinha de lhe perguntar o que era feito da juventude de Almofala.

O Luís veio ao seu encontro, cumprimentando-o efusivamente, assim que o viu entrar pela porta do seu restaurante. A mesa do costume, no lado oposto às mesas ocupadas pelos clientes já referidos, estava posta com a habitual toalha de linho imaculadamente branca, com copos para a água e para o vinho, reluzentes como cristais, com pratos da mais fina porcelana e talheres prateados que tinham o aspeto de nunca terem sido usados. A Teresa trazia para a mesa duas garrafas de um tinto alentejano da *Herdade do Esporão*, acabadas de abrir com a ajuda de um enorme saca-rolhas de ferro forjado que repousava em cima do balcão. Em seguida, o Luís foi à cozinha e voltou, segurando uma travessa cheia de carnes fumegantes que pousou no balcão e voltou a entrar na cozinha, desta vez seguido da Teresa a quem pediu ajuda. Depois, pai e filha voltaram, ele trazendo uma outra travessa cheia de legumes cozidos fumegantes, ela trazendo um tacho de barro que deveria conter arroz branco e com umas luvas calçadas nas mãos para lhe pegar, pois este deveria ter acabado de vir do lume. O Pedro acercou-se do balcão para ajudar os dois a transportar tudo para a mesa. Pouco depois, os outros clientes faziam as contas e abandonavam o estabelecimento, o Luís punha no exterior o letreiro de encerrado, como de costume e, logo de seguida, encontravam-se os três sentados à mesa deliciados, a degustar o cozido e a conversar sobre a viagem de negócios do pai e filha à Bélgica.

Durante a conversa, o Pedro perguntou à Teresa onde estavam os jovens da terra, que ela era a única pessoa abaixo dos trinta anos que vira desde que chegara. A Teresa, surpreendida com a pergunta, gaguejou e respondeu que os jovens e crianças da terra iam à escola que ficava no lado oposto da vila e os que frequentavam a escola secundária iam para Figueira de Castelo Rodrigo, logo de manhã, só regressando ao final da tarde, recolhendo às casas onde viviam. A área onde estava o restaurante e as casas da rua que ia até onde o Pedro morava, estavam ocupadas pelos anciãos da terra, quase todos reformados e com idades superiores a cinquenta anos. Na realidade, no primeiro sábado de cada mês, costumavam jantar e conviver no restaurante. Estaria o Pedro interessado em frequentar esse convívio? Estava desde já convidado.

O Luís pareceu incomodado ao ouvir o convite da filha e, de modo algo desabrido, interrompeu-a: "Ó filha, o Pedro tem mais que fazer do que vir conviver com um grupo de velhotes cá da terra, aos sábados à noite, não é Pedro?"

O Pedro, em vez de concordar com o Luís, respondeu que sim à Teresa, que viria a esse convívio da terceira idade, só por curiosidade e para conhecer outras pessoas.

Nunca tinha ido jantar ao restaurante do Luís. Era convidado para almoçar frequentemente, mas o Pedro já não fazia duas refeições fortes por dia. Por volta das dezanove horas, fazia em casa um ligeiro lanche que, no tempo quente, consistia em petiscar uns pedacitos de queijos variados da região, e não só, e bebericar um vinho verde rosé fresco, enquanto escrevia mais uns parágrafos no processador de texto do seu computador portátil. Agora que o outono começara, apetecia-lhe, com alguma frequência, tomar chá de frutos vermelhos quente e trincar um ou outro biscoito. No entanto, no sábado aprazado, contrariou a rotina e, na sua bicicleta, dirigiu-se ao restaurante do Luís para, esperava ele, um serão de conversa com os seniores da terra.

Pela primeira vez, encontrava o estabelecimento cheio, com as mesas dispostas de forma a todos os convivas estarem próximos uns dos outros. O Luís não veio ao seu encontro como de costume e a Teresa não se encontrava ao balcão. Onde estariam os dois?

O ambiente parecia ser festivo. Muitos dos convivas estavam em amena conversa uns com os outros, como se fossem velhos conhecidos. Alguns eram ou pareciam ser bem mais velhos que o Pedro, e só de vista e com a troca de um ocasional e cortês *bom dia* terá havido, desde que chegara para ficar a morar em Almofala, algum tipo de relacionamento entre o escritor e qualquer um deles. Um ou outro, o Pedro recordava-se de os ter visto, uma vez, no restaurante, a acabar de almoçar. Os restantes, não se lembrava de os ter visto ou de se ter cruzado com eles em momento algum. E que era feito da gente nova? Por que razão não havia uma criança, um adolescente ou mesmo um jovem adulto entre eles? E agora nem mesmo a Teresa aparecia. O Pedro já começava a arrepender-se de ter vindo. Era divertido vir ao restaurante quando o Luís e a Teresa estavam presentes e lhe davam atenção. Agora, só via um monte de velhos que deveriam ter vindo de um asilo, provavelmente padecendo de demência ou Alzheimer e isso não constituía diversão para o Pedro. Finalmente, uma negra de aspeto jovem surgiu da cozinha segurando uma travessa que parecia maior que ela própria e, colocando-a no meio da mesa, segredou algo ao ouvido de três idosas que, pronta e agilmente se levantaram da cadeira onde se sentavam e começaram a servir os pratos de todos com uma espécie de guisado de carne de galinha, a que o Pedro ouviu chamar *Moamba*. O seu copo foi, entretanto, enchido até meio com um vinho tinto do Douro, cujo rótulo ostentava esta curiosa marca: *Altar do Diabo*. O cheiro da moamba de galinha era divinal e aquele tinto faria pecar um santo. O Pedro, depois de sorvidas as últimas gotas daquele néctar demoníaco que tingia de vermelho metade do seu copo, já conversava com os anciãos ao seu lado, como se os conhecesse de longa data. Desta vez, alguém lhe encheu completamente o copo e uns goles mais desse vinho fantástico e mais uma garfada de moamba, embrulhada num arroz saborosíssimo que acompanhava esta iguaria, faziam o Pedro rir e conversar como se, pela primeira vez, fosse feliz e inteiramente realizado. Subitamente, fez-se um silêncio sepulcral na sala de refeições, como se todas as conversas e risos tivessem, abruptamente, terminado em perfeita sincronia. Saída da cozinha, a jovem negra, vestida com trajes que indubitavelmente lembravam as vestes tribais de uma qualquer tribo recôndita de África, com os olhos brilhantes como dois sóis e segurando o que parecia ser o pendente de um colar feito de ossos de animais onde se destacava um cristal rosado e luminoso, parecendo um terceiro olho que luzia e que espalhava uma aura luminosa rosada por todo aquele espaço, entoava, numa cadência hipnotizante, uma cantilena estranha, numa língua selvagem. O Pedro reconheceu-a. Era Lueji, a cozinheira africana do Luís. Era ela, sem dúvida, embora o seu aspeto fosse o de uma jovem de vinte anos. E, fixando o Pedro, cantou com uma voz de feiticeira:

"ufuku upema akwethu
laulenu, akwethu" [9]

Como resposta, todos os convivas, incluindo o Pedro, fixavam o diamante rosado pendente do colar no seu peito que brilhava ainda mais intensamente e entoavam todos, a uma voz, num tom grave e cadenciado:

"kamanga naulam wine" [10]

Parecia, até, que tinha sido ensaiado um coro de anciãos, em que harmonias vocais perfeitas entoavam este canto mesmerizante, capaz de os transportar até ao coração de África, até à selva virgem de qualquer contacto com o branco europeu.

O Pedro viu-se, mesmo, a viajar no tempo e no espaço, aparecendo no terreiro central, rodeado de cubatas, de um vilarejo tchokwe, iluminado por uma fogueira enorme e que deixava vislumbrar um grupo de negros pintados que dançava freneticamente ao som de tambores e de uma lengalenga cadenciada que soava assim:

"laulenu, akwethu
kamanga naulam wine
khanda ungu hufxika hano
yami nafwa
naulam wine" [11]

No meio deles, a rainha Lueji, de olhos brilhantes como sóis. apontava para o Pedro e gritava em bom Português: "O teu

---

9   Boa noite, companheiros. Despertem, companheiros.

10   Diamante, salve-me!

11   Despertem, companheiros!
       Diamante, salve-me!
       Não me deixe aqui!
       Morro.
       Salve-me!

fim está próximo, branquela! Em breve serás um de nós!"

E, dizendo-lhe isto, entregava-lhe um prato de comida, a moamba de galinha, mas, em vez do aspeto apetitoso daquilo que estivera a comer no restaurante do Luís, estava agora, no meio do prato, uma cabeça inteira, crua e ensanguentada de galinha, com os olhos furados, que cacarejava para ele.

Viu-se de regresso ao restaurante do Luís e, confuso, sem compreender o que lhe estava a acontecer, levantou-se, sentiu a cabeça a andar à roda e caiu. Por uns instantes recuperou a audição, mas não a visão, e ouviu a voz do Luís que dizia: "Lueji, ele não. Poupa-o!"

Em seguida, como se estivesse a sonhar, ainda ouviu a voz da Teresa a dizer: "Se a mãe se sacrificou por nós, este homem não é mais do que ela. Deixa o diamante levá-lo, pai!"

VII

O PEDRO acordou em casa, deitado na sua cama, mas vestido. Sentia, na boca, um gosto metálico, um sabor de sangue. Estranho, não se lembrava de ter voltado para casa pelo seu próprio pé. Aliás, não se lembrava de grande coisa, a não ser de estar a jantar e a conversar com o seu vizinho que morava duas casas acima, na direção da vila, e que acabara de conhecer. Este revelara-lhe, momentos antes, que também tinha comprado a casa e o terreno murado à volta dela ao Luís que, pelos vistos, era o proprietário de todas as moradias e terrenos que iam desde a estrada até à colina que se via das traseiras da sua habitação.

Depois, não se lembrava de mais nada. Havia, no entanto, um som de batuques e como que um refrão de uma cantilena numa língua estranha, que ressoava na sua memória auditiva: *kamanga naulam wine, kamanga naulam wine.* O Pedro não fazia ideia do que significava isso e decidiu, depois de tomar um banho e tomar o pequeno almoço, ligar o seu computador portátil e pesquisar na Internet.

Conseguiu descobrir que os sons pareciam corresponder a palavras de um dialeto tchokwe, uma língua tribal da região da Lunda, em Angola. Era daí que o Luís e a família tinham fugido, pouco antes do 25 de abril de 1974. E era aí que tinha nascido a misteriosa cozinheira do restaurante, a Lueji.

A sua pesquisa levou-o a encontrar uma curiosa notícia encontrada num arquivo digitalizado de um jornal de Celorico da Beira, algo que ocorrera há alguns anos e que, segundo dizia o artigo, deixara perplexos os agentes da polícia judiciária que investigavam o desaparecimento de três indivíduos, dois angolanos e um português, residente em Angola, que desapareceram sem deixar rasto, só sendo encontrada a viatura que os transportava, estacionada numa rua de Almofala. Ouviu a campainha da porta. Era o Luís com um ar preocupado que vinha saber como estava o Pedro pois, ou a comida lhe caíra mal no estômago ou os copos de *Altar do Diabo* foram demasiado *diabólicos* para o Pedro aguentar.

"Sabe, Pedro, ia levá-lo ao hospital quando desmaiou e caiu no chão da sala, mas a Teresa conseguiu que recuperasse a consciência e, embora não abrisse os olhos e não dissesse coisa com coisa, estava a respirar bem. Disseram-me que tinha bebido uma garrafa inteira de *Altar do Diabo* e que apenas tinha provado a comida do seu prato. Então, em vez de o arrastar até às urgências de um hospital que ainda fica longe, trouxe-o até casa e deitei-o na sua cama. Peço que me perdoe por não ter estado consigo a protegê-lo mas fui solicitado para atender um fornecedor que insistiu em reunir comigo a um sábado, veja lá, e nunca mais se despachava. Contava ter estado consigo mas não foi possível. Perdoe-me."

"Não se preocupe. Já me sinto melhor. De facto, acho que o *Altar do Diabo* foi mais forte do que eu. Parece-me que hoje vou andar a chá e aproveitar o domingo para repousar."

"Ótimo", respondeu o Luís. "Mais logo, ao fim da tarde, passarei aqui à sua porta para ver como se sente, para também eu ficar descansado."

Logo que o Luís saiu, o Pedro voltou ao escritório para continuar a pesquisa que estava a fazer na Internet. Nos seus ouvidos, martelava, ainda, a cantilena tribal: *laulenu, akwethu,* batida de tambores, *kamanga naulam wine, ritmo* que apressava, *khanda ungu hufxika hano, yami nafwa, naulam wine,* rufe de tarola e gong.

Deitou-se cedo, nessa noite, e sonhou que saía do seu quintal, montava na bicicleta e partia na direção da colina onde estava o templo romano em ruínas e ia até ao poço que o chamava e cujo buraco estava cheio de braços e mãos que o queriam agarrar e puxar para o abismo.

Na manhã seguinte, era visitado novamente pelo Luís que lhe trazia pãezinhos quentes, acabados de cozer, e leite fresco, da vacaria do senhor Agostinho, agricultor da vizinhança. O Pedro fez café do lote Delta–Timor que se orgulhava de ter na sua despensa e os dois tomaram o pequeno-almoço na sala, a olhar para as traseiras do quintal e para o recorte da colina, ao longe, com a vegetação que torna bela essa elevação natural que se destacava na planície.

"Diga-me, Pedro. Você tem sessenta e sete anos, certo?", perguntava o Luís, enquanto sorvia o seu café com leite e saboreava o pão quente, barrado com a manteiga dos Açores, preferida do Pedro.

"Sim, Luís. E então?"

"O que é para si a Morte?"

"Para ser franco, Luís", respondeu-lhe o amigo, estranhando a pergunta, "acho que a morte é um escape. Um escape a esta vida de desilusões e frustrações. Sabe que não foi fácil para mim vir desterrar-me aqui, neste *cu de Judas* que, independentemente da beleza e do requinte das instalações, me deixa isolado do resto do mundo. Já não conseguia suportar a pressão dos meus pares, sempre à espera que os deslumbrasse e os *média* a perguntarem-me: *então, quando sai o seu próximo livro? O que aconteceu entre si e a sua esposa? Ela cansou-se de si? O que foi que lhe fez para ela se afastar de si? Por que razão não lhe dão o prémio Nobel?* Não preciso disto, Luís. Sinceramente. Preciso de paz para escrever. Desde que cheguei, já consegui escrever cerca de duas centenas de páginas de uma história que me parece ir fazer as delícias de muitos dos meus leitores. Inspirei-me nestas paisagens que contemplo da janela grande da sala. Vai intitular-se '*A Reforma*'. Fala de amores perdidos, de mistério, da vida e da morte. É para concluir esse meu trabalho que reúno energias todos os dias e esse é o meu objetivo imediato. Depois disso, se ainda por cá estiver, logo se verá. E você, Luís? O que é para si a Morte?"

"Para mim, Pedro, não é o final. Acho até que passamos a um outro nível de existência, mas, decerto, já ouviu muita gente dizer o mesmo. Já se tornou um cliché dizê-lo. Sabe, há um povo da região da Lunda, em Angola, que crê que a essência humana pode habitar certos cristais que existem no coração da Terra e viver para sempre noutro plano de existência, podendo, ainda assim, contactar esta nossa e até coexistir com ela. Não me surpreenderia que houvesse algum fundo de verdade nessa crença… É que já vi tanta coisa estranha neste mundo…"

"Criei uma personagem, no romance que estou a escrever, que é inspirada em si, Luís", continuou o Pedro, mudando um pouco o assunto, "alguém que regressou de África, tal como você, e que trouxe um objeto mágico, capaz de dar vida aos mortos. Tive essa ideia pouco depois de o Luís ter feito a viagem à Bélgica. Acho até que sonhei com isso, numa certa noite."

O Luís começou, subitamente, a tossir e a ficar vermelho do esforço. Será que se engasgara? O Pedro correu até à cozinha e trouxe-lhe um copo com água. A ingestão da água pareceu acalmar o seu amigo.

"Está bem, Luís?", perguntou-lhe, preocupado.

"Estou bem, já passou. Acho que inspirei na altura errada e uma migalha de pão deve ter obstruído as minhas vias respiratórias."

O Luís pigarreou e, com a voz mais limpa, perguntou ao amigo: "Desculpe esta pergunta pessoal, Pedro. Nunca pensou em voltar a casar? Afinal, o Pedro não é assim tão velho, nem tem filhos e é importante ter alguém que nos faça companhia e nos apoie, à medida que vamos envelhecendo."

"A mesma pergunta lhe faço eu, Luís. Afinal, a sua filha já é adulta e você também corre o risco de ficar sozinho na fase final da sua vida."

"Sabe, a minha filha ainda vive comigo e não faço ideia de quando ela encontrará a alma gémea que poderá fazê-la ou não abandonar o ninho. No entanto, esquece-se que tenho a Lueji, que é como família. Aliás, ela tem feito as vezes de mãe para a Teresa. É uma mulher que pode parecer estranha e misteriosa, mas eu e a Teresa devemos-lhe a vida inúmeras vezes. Acho que ela cismou em proteger-nos até ao fim dos seus dias, por achar que está em dívida para com o meu pai que a trouxe de África e lhe deu melhores condições de vida, muito melhores do que as que teria se tivesse por lá ficado. Quanto a mim, sabe Pedro, quando achar que mais nada de útil faço por cá e que estou a mais neste mundo, então acho que vou fazer um último passeio até às ruínas romanas no topo da colina e mergulhar de cabeça no poço, naquele em que o Pedro esteve quase a precipitar-se... Vou confessar-lhe algo que me tem tirado o sono de há uns meses para cá: a última viagem que fiz à Bélgica não foi apenas para tratar de negócios ou lazer mas também por questões de saúde. Há um médico português que trabalha em Antuérpia e que viveu em Angola na mesma cidade e na mesma época que eu. Os pais dele eram vizinhos dos meus e passámos muito tempo da nossa infância juntos. Frequentámos a mesma escola, brincámos na rua juntos, fomos ao cinema juntos, enfim, éramos como irmãos. A Teresa foi vista por ele e, segundo este meu amigo médico, a minha filha mostra sintomas do que poderá ser um caso, relativamente raro para alguém da sua idade, de leucemia. Irei consultar, na próxima sexta-feira, um especialista em Lisboa para saber um pouco mais sobre o assunto. Se se confirmar o pior cenário, quero que ela seja tratada da melhor forma possível, pois o dinheiro não é minha preocupação. Vou estar, a partir de amanhã, uma semana fora, eu e a Teresa. O Pedro não se preocupe que o restaurante irá estar aberto para o servir durante o tempo que vou estar fora, em Lisboa, com a Teresa. A Lueji vai ficar a tomar conta do estabelecimento na nossa ausência e já contratei duas raparigas em Figueira de Castelo Rodrigo para a ajudarem, ao balcão e a servir às mesas. Uma delas virá aqui, à sua casa, todas as manhãs, por volta das oito, tal como fazia a Teresa, trazer-lhe pão fresco."

Terminado o pequeno almoço, o Luís despediu-se do Pedro e este desejou-lhe boa sorte e que tudo corresse pelo melhor nesta ida a Lisboa para resolver o problema de saúde da Teresa.

Ao ver afastar-se o amigo, o Pedro lembrou-se dos momentos difíceis que viveu com os problemas de saúde da esposa, momentos esses que culminaram na separação e divórcio do casal. Os problemas de saúde mental são diferentes dos oncológicos, mas igualmente severos e alteradores do comportamento. A *borderline personality desorder*[12] ou BPD, assim fora diagnosticada a doença mental de que sofria a sua, agora, ex-mulher, tinha um espetro amplo que podia incluir depressão grave com tendência para suicídio. Esses estados de humor, extremamente voláteis tornaram a vida do casal num autêntico inferno. *Felizmente, não tivemos filhos*, pensava o Pedro. Levantou-se, deu uns passos na direção do escritório e, quando se preparava para se sentar à sua mesa de trabalho, uma secretária de escritório que comprara numa loja de móveis de Vila Real, ouviu uns latidos, vindos do quintal. *Ah, o Zulu!* Esquecera-se completamente do cachorrito que era, agora, a sua companhia. O animal tinha água e comida, mas faltava-lhe o afeto que costumava receber, diariamente, do seu dono. Ao pegar-lhe e fazer-lhe festas no pelo macio, lembrou-se da Teresa e decidiu, nesse momento, oferecer-lhe o Zulu, assim que ela regressasse de Lisboa, com boas ou más notícias.

O Pedro e o Luís tornaram-se inseparáveis, quase irmãos.

---

12   Distúrbio da personalidade Borderline (no limite)

Enquanto esteve ausente em Lisboa, o Pedro, diariamente, ligava-lhe, querendo saber do estado da Teresa. O Luís ia dizendo que aguardava os resultados dos exames efetuados e que esperava que estes demonstrassem que, afinal, o caso não era grave. O Pedro dizia-lhe que, apesar de ateu, rezava todas as noites para que, de facto, não houvesse razões para preocupação.

VIII

NO HIATO da ausência do Luís, o Pedro nunca se deslocou ao restaurante, apesar de ter todos os dias, à sua porta, pela manhã, cinco pães acabados de cozer. A saca, feita de linho, trazia bordado o nome do restaurante num logo que, também, ilustrava a tabuleta à porta do estabelecimento e com o mesmo desenho: um homem caminhando e segurando uma mala de cartão. Tinha duas pegas que se penduravam no puxador da porta. A Teresa era quem costumava trazer-lhe o pão mas, agora, na sua ausência, quem o traria? O Pedro acordou um dia bem cedo para descobrir quem lhe trazia o pão. Não conseguiu. Num momento não havia nenhuma saca no puxador da porta, logo depois lá estava ela pendurada com o pãozinho quente lá dentro. O Pedro corria lá para fora, para o meio da estrada e não via vivalma. Como era possível?

Certo dia, preparou a bicicleta e, tendo acordado às seis

da manhã, resolveu inspecionar, de cinco em cinco minutos, o puxador do portão que dava para a estrada. Às oito, lá apareceu misteriosamente pendurado no puxador o pão quente, dentro da saca de linho. Montou, rapidamente, na bicicleta e pedalou energicamente pela estrada na direção do centro da vila, decidido a descobrir quem lhe trazia a dita saca. A cerca de uns cinquenta metros do restaurante do Luís, no lado contrário da estrada, parava um automóvel, um Audi de cor negra e saíam de dentro dele três indivíduos vestidos de fato e gravata. Entraram no restaurante e o Pedro, que ia decidido a também entrar e investigar quem lhe levava o pão, acabou por desistir da ideia e regressou a casa. Satisfaria a curiosidade sobre estes três visitantes, falando sobre eles ao Luís quando este regressasse de Lisboa. Virou a bicicleta para seguir em sentido contrário quando viu sair da mercearia, em frente ao restaurante do Luís, o casal idoso que se sentara na sua frente naquele fatídico jantar que o indispusera de uma forma tão incapacitante. Cumprimentou-os com a cumplicidade de quem com eles partilhou uma refeição, mas estes olharam para ele como se nunca o tivessem visto na vida e seguiram em frente sem sequer lhe devolverem o cumprimento. Ainda olhou para trás e memorizou a matrícula do Audi. Iria, quando chegasse a casa, enviar um e-mail ao único do seu círculo íntimo que sabia onde ele vivia atualmente, ou seja, o seu editor a pedir-lhe que investigasse essa matrícula. Este editor seu amigo fora o responsável principal pelo sucesso alcançado pelo Pedro como escritor. Quando muitas outras editoras lhe fechavam a porta ou exigiam investimentos absurdos como contrapartida para a edição das suas obras, ele acreditou no talento que Pedro Slimani demonstrava na escrita e, usando todos os seus recursos de promoção, fez com que alguns dos romances deste escritor se tornassem *best sellers* em Portugal, na Europa e no resto do mundo, havendo traduções de quase todas as suas obras nas línguas mais faladas. Se havia alguém capaz de descobrir a quem pertencia o Audi era o seu editor, um homem com muitos conhecimentos nos mais diversos setores da sociedade, em particular nas forças policiais que já dirigira antes de se ter dedicado às artes literárias.

Nessa noite, o Pedro descontraía-se em frente ao seu televisor com a sala escurecida e, a certa altura, olhando para a janela panorâmica da sala, cujos estores estavam subidos, pareceu-lhe ver, graças à luminosidade ténue da sala que se projetava nos campos em frente e a um luar inusitadamente brilhante, uns vultos no terreno por detrás do muro do seu quintal. Um deles parecia ser o daquela mulher que vira numa das primeiras noites que passara na sua nova casa e que, pela silhueta, tudo indicava que se tratava da Lueji. Três outras silhuetas seguiam-na, em silêncio e em fila indiana. O Pedro dirigiu-se o mais depressa que pôde ao quintal e, abrindo a porta com o mínimo ruído possível, tentou ver na escuridão para onde se dirigia este estranho grupo. Um som de alguém a tropeçar, chamou-o à atenção e acabou por descobrir que estas pessoas percorriam o caminho que ia dar à base da colina que o Pedro subira várias vezes para ir até às ruínas romanas. Seguiu-as e, como conhecia bem o caminho, sabia que obstáculos evitar para não tropeçar e chamar à atenção sobre si. A claridade do luar ajudava-o a ver o caminho e apenas a pessoa que seguia na frente do grupo parecia consciente do que estava a fazer. O Pedro sabia que era a Lueji quem liderava aquela fila e que os outros, como que hipnotizados, a seguiam em silêncio. Um reflexo da luz da lua incidiu no rosto da última pessoa e o escritor reconheceu-a. Era um dos ocupantes do Audi que estacionara junto ao restaurante do Luís nessa manhã. Ia vestido de fato e gravata, tal como o vira nessa altura. Supôs e bem que os outros dois que iam na sua frente eram os restantes que saíram do carro e se dirigiram ao restaurante do Luís. A essa hora da manhã, quando os viu, não iriam por certo almoçar, pois era muito cedo e, agora, iam atrás da Lueji para as ruínas romanas, a esta hora da noite, porquê? A curiosidade era imensa e o Pedro nunca conseguira resistir a um mistério. Aliás, os mistérios eram os temas fortes dos seus romances e aqui estava uma oportunidade para encontrar ingredientes para uma nova história. Viu aquele estranho grupo entrar nas ruínas e, com a ajuda do luar, viu os três homens comandados por Lueji, entrarem um a um no reduto do poço. Em seguida, viu a mulher virar costas e fazer o caminho inverso. O Pedro escondeu-se atrás de uns arbustos e viu-a avançar no meio do escuro, sem hesitação, tal como o faria se fosse de dia. Do pescoço pendia-lhe um colar com um cristal rosado que emitia uma luz forte e pulsava como se estivesse vivo. Era o diamante que tinha visto naquele jantar que o indispusera e que adivinhava ser o tal *Devorador de Almas* de que o Luís lhe tinha falado. Ao passar rapidamente pelo arbusto, por detrás do qual o Pedro estava escondido, Lueji subitamente estacou. Cheirou o ar, ou melhor, farejou-o como o faria um animal e olhou em redor com um olhar lupino. Voltou a pôr-se em marcha com a determinação e a confiança antes demonstrada. Felizmente, o Pedro tinha fechado a porta do quintal e deixado a televisão ligada, pelo que Lueji, ao passar novamente pelas traseiras da habitação, pensaria que este estaria em casa. Pelo menos, era nisso que o Pedro queria acreditar. Assim, resolveu ir espreitar o compartimento do poço. Dentro das ruínas, estava ainda mais escuro e as sombras pareciam ter vida e davam a sensação de que o estavam a cercar. O Pedro reuniu toda a sua coragem, entreabriu a porta do compartimento e, no meio da escuridão mais espessa que já alguma vez a sua visão confrontara, uma voz feminina, vinda de dentro do poço, chamou o seu nome. Desta vez, a adrenalina e o instinto de autopreservação fizeram o Pedro fugir, correndo e tropeçando até chegar a casa, com o coração a explodir e alagado em suor. Desta vez, o sobrenatural levava a melhor sobre ele. No entanto, a racionalidade que sempre o dominara recusava-se a aceitar que não houvesse explicação plausível para todas estas bizarrias. Havia uma ligação entre o poço e o diamante da Lueji, disso não havia dúvida. Se os homens não voltaram das ruínas, isso significava que a cozinheira africana os atraíra a esse lugar e os levara, por uma qualquer arte, a atirarem-se lá para dentro daquele buraco sem fundo que parecia albergar entidades fantasmagóricas. No dia seguinte, logo pela manhã, ainda antes da saca do pão aparecer pendurada no puxador da porta da rua, o Pedro ligou o computador e verificou que havia correio eletrónico do seu editor. Nessa mensagem, era informado de que o Audi preto tinha uma matrícula que era usada por uma entidade estatal, na área da segurança interna. Não fora possível apurar a que departamento policial do Estado a viatura pertencia. Alguma polícia secreta, eventualmente. O Pedro estava determinado em saber o que era feito desses três homens, assim como descobrir a razão de tantos desaparecimentos misteriosos naquela região. A sua curiosidade levara-o a imaginar um enredo para a sua nova história, um romance que juntava ao sobrenatural uma trama policial a que iria, por ora, chamar *A Reforma*. Na mensagem de agradecimento ao seu editor, revelou-lhe que estava quase a terminar esta nova aventura literária e que, logo que terminasse, lha enviaria para saber qual a sua opinião.

Durante o dia, pegou na bicicleta e foi, pelos caminhos das traseiras da sua casa, até à colina onde as ruínas romanas podiam ser visitadas. Ao chegar ao planalto onde jazia essa edificação romana verificou, com surpresa, que havia um automóvel estacionado à porta. Ao Pedro nunca lhe passara pela cabeça que pudesse haver um outro acesso às ruínas que fosse suficientemente largo para poder passar um automóvel. Na realidade nem antes se aventurara a procurar essa via alternativa, pois nunca vira, nas várias vezes que aí estivera, qualquer tipo de veículo nas proximidades. Lembrava-se, também, que o Luís lhe tinha dito que o local estava interdito à circulação de veículos motorizados desde há, pelo menos, trinta anos. Então, o que fazia aquele automóvel ali?

À medida que se aproximava, reconheceu que o veículo, de cor preta, era o Audi dos estranhos que apareceram na porta do restaurante do Luís. Espreitou lá para dentro e verificou que tinha a chave na ignição. Pensou que, afinal, os homens estariam ali, no interior das ruínas e que sendo do Governo, tinham tido autorização para se deslocarem aí de carro. Passou a entrada e espreitou para dentro do edifício. Não viu vivalma. Foi até à cabine do poço. Durante o dia, não parecia assim tão assustadora, mas, ao afastar a porta, quase desmantelada, que antes isolava do exterior aquele buraco perigoso, sentiu, de novo, aquela energia negativa vinda de dentro, das profundezas. Parecia, também, que dentro daquele relativamente pequeno compartimento, não entrava a luz do sol. Estava escuro como breu, apesar das fendas no teto e nas paredes, como se o seu interior estivesse isolado e selado dentro de uma bolha de escuridão.

Quando chegou a casa sentiu-se aliviado e com o coração menos oprimido. Estava indeciso sobre o que deveria fazer. Não queria causar problemas ao Luís, denunciando a cozinheira Lueji. Aliás, mesmo relatando aqueles estranhos eventos da noite anterior, não havia provas de que os homens tivessem sido atirados ao poço. Ninguém acreditaria que três homens, três agentes da autoridade fortes e habituados a lidar com situações perigosas, fossem sucumbir às mãos de uma mulher relativamente franzina. E nem valeria a pena falar em feitiços, pois iriam rir-se dele, com certeza.

Escreveu grande parte do seu novo romance nessa noite. Deitou-se bem tarde e, quando ia a pegar no sono, ouviu um choro baixinho de mulher ali, bem próximo de si, no meio da escuridão do quarto. Abriu os olhos, levantou o tronco e, aos pés da sua cama, estava aquela mulher, parecida com a Teresa, que irradiava uma claridade própria das assombrações.

"É tudo culpa minha!", dizia ela, lamuriando-se e levando as mãos à cabeça. "Fui eu que invoquei o espírito do diamante para salvar a minha filhinha. Ela não iria conseguir nascer e a Lueji perguntou-me: *quer que a sua filha viva? Era capaz de trocar a sua vida pela vida dela?* Claro que lhe disse que sim. Faria tudo para que ela vivesse, tudo! A Lueji é a encarnação da rainha feiticeira do antigo reino da Lunda", continuou ela, "e tem na sua posse um colar de onde pende o diamante conhecido por *Devorador de Almas*. Este diamante alberga um demónio que troca almas por vida ou rejuvenescimento e restaura a saúde a quem não a tem, desde que se saiba as rezas apropriadas que devem ser feitas no dialeto tchokwe. Eu invoquei esta entidade que aí reside, este demónio, oferecendo a minha vida pela da minha filha, pronunciando, com a ajuda da Lueji, o encantamento na língua africana. Só que isto não ficou por aqui! Cada vez que a Teresa, o Luís ou a Lueji têm um problema de saúde, o encantamento é feito e alguém morre. O meu marido, a minha filha e a própria Lueji são todos mais velhos do que aparentam, bastante mais. Mentem sobre a idade quando têm de o fazer e aproveitam-se, principalmente dos mais idosos, visto que não lhes resta já muito tempo de vida. Com estas visitas da autoridade, o diamante alimentou-se de almas mais jovens e, por isso, a sua energia é muito superior. Qualquer cura, rejuvenescimento e saúde estão agora no máximo das capacidades do diamante. Sei que a Lueji irá direcionar essa força para a Teresa que precisará dela para, mais uma vez, se curar. Quando houver outro problema, outras almas se seguirão. Avisei-o para se ir embora, mais do que uma vez! Deixaram-me avisá-lo uma última vez, porque tem no Além alguém que zela por si. Esta será a última. A partir de agora fica por sua conta e risco. Ah, se fizer muitas ondas e contar às autoridades, é possível que se despeça deste mundo ainda mais cedo. No final, todos nós, vítimas do diamante estaremos juntos, nesse limbo que nos aguarda a todos os que cessam a existência terrena. Mesmo o demónio do diamante nada pode contra a vontade de Deus. Até lá!"

A assombração esfumou-se, ali na sua frente. Estaria realmente acordado? Beliscou-se e sentiu dor. Sim, estava acordado e esta revelação da falecida mãe da Teresa fazia sentido, apesar de não haver a tal racionalidade que o Pedro tanto reverenciava. Parece que, afinal, há uma vida para além da Morte e há um Deus que nos aguarda para o Juízo Final, tal como lhe ensinara a doutrina Católica, na qual fora educado, mas que sempre questionara.

IX

O PEDRO e o Luís comunicavam por correio eletrónico, quando este último estava com a filha em Lisboa. O Pedro tinha rejeitado as comunicações telefónicas com o mundo exterior, para ter paz, e só usava uma conta de correio eletrónico, desconhecida da maioria dos que com ele antes lidavam, para comunicar com o Luís e com o seu editor. Eram as únicas pessoas próximas nesta fase da sua vida e o Luís, absorvido pelo problema de saúde da filha, à qual tentava dar todo o apoio possível, não comunicava com ele há vários dias. Na última mensagem que recebera na conta de correio eletrónico do seu portátil, o seu amigo dizia-lhe que continuava à espera de resultados dos diversos exames que a filha fizera.

Nessa manhã, o Pedro tinha ligado o seu portátil, preparando-o para usar o processador de texto, a sua ferramenta de trabalho principal, quando verificou que tinha uma mensagem do Luís, enviada a partir do telemóvel deste, a dizer que iria regressar nesse dia, pois todos os resultados indicavam que tudo estava bem com a Teresa. Os valores estavam normais e os médicos que a seguiram estavam estupefactos. Parecia que, de um dia para o outro, o seu corpo se curara sem qualquer tipo de intervenção clínica. Nenhum fármaco lhe fora administrado e o seu caso estava a ser objeto de estudo por parte da equipa médica que, perplexa, tencionava, até, publicar um artigo sobre este aparente *milagre* numa revista da especialidade. O Pedro, que se recusava pouco tempo antes a aceitar qualquer tipo de milagre, considerando o que se entendia por milagres como apenas acasos da natureza ou eventos para os quais ainda não havia nenhuma explicação científica, ligava agora esta súbita melhoria da Teresa aos acontecimentos que testemunhara na noite anterior e às informações que lhe fornecera o espetro da mãe da Teresa. O diamante parecia ter, de facto, muito poder e ressoava nos seus ouvidos aquele tenebroso aviso que a Lueji lhe fizera naquela ceia bizarra e que tanto o debilitara: *O teu fim está próximo, branquela! Em breve serás um de nós!*

Apesar dos avisos da assombração, o Pedro resolveu ir até ao centro da vila, entrar no posto da Guarda Nacional Republicana, autoridade que policiava a freguesia, e participar que encontrara uma viatura com a chave na ignição, que parecia abandonada junto às ruínas romanas e que verificou que, dentro delas ou nas imediações, não havia ninguém. O cabo Fernandes, que tomou conta da ocorrência, desconhecia que o Pedro residia na localidade e, quando este lhe disse que comprara uma propriedade que pertencia ao dono do restaurante *O Emigrante* e que há uns meses se mudara para lá, olhou para ele com um olhar estranho. O Pedro fez-lhe o relato do seu passeio matinal às ruínas e o cabo da guarda perguntava-lhe que tipo de todo-o-terreno era esse veículo que encontrara. Quando o Pedro lhe disse que se tratava de um Audi, uma viatura de turismo, ficou boquiaberto. "Deve estar bonita a suspensão desse carro se até um jipe tem dificuldade em percorrer o único acesso a veículos que existe, um caminho cheio de pedras aguçadas e sulcos...", comentou ele. O Pedro respondeu-lhe que o carro lhe parecera normal, sem pó na carroçaria, sem terra nas jantes, ou seja, quase impecável. O agente disse-lhe que iria averiguar o assunto e o

Pedro pediu-lhe que não divulgasse a ninguém da terra que tinha sido ele a participar essa estranha ocorrência.

No dia seguinte, pouco depois de se levantar da cama, ouviu tocar a campainha do portão de entrada que dava para a estrada nacional que conduzia ao interior da vila. Saiu de casa e sentiu umas gotículas de chuva na cara. Era aquela chuva miudinha conhecida por *molha-tolos*. Não se deu ao trabalho de ir buscar um guarda-chuva ou um impermeável, aliás nem se lembrava de onde os guardara. Desde que se mudara para ali, era a primeira vez que via chuva, se é que podia chamar a isso chuva. Destrancou o portão e, do outro lado, estava o Luís, sorridente, com uma saca de pão na mão. O Pedro cumprimentou-o efusivamente e fê-lo entrar na sua propriedade. Convidou-o a tomar o pequeno-almoço com ele, como bons amigos que eram. À mesa, entre fatias de pão com manteiga e café com leite, o Luís contou-lhe como passara os dias na capital, angustiado mas esperançoso, e de como o mundo parecera que se iluminara quando ouviu os médicos dizerem que tudo estava bem com a Teresa, embora não conseguissem explicar como o estado de saúde dela se alterara radicalmente, assim de um dia para o outro.

O Pedro, apesar da vontade de contar ao Luís os estranhos acontecimentos que presenciara durante a sua ausência, preferiu não o fazer, pois este não fez qualquer alusão aos visitantes de fora que entraram no seu restaurante há uns dias. Resolveu verificar, mais tarde, se o carro deles ainda se encontrava parado junto à entrada das ruínas. Talvez algum elemento da GNR se encontrasse lá a investigar. Assim que o Luís se fosse embora, iria vasculhar os caixotes da mudança que ainda não abrira e ver se encontrava uma câmara fotográfica. Sabia que tinha guardado numa dessas caixas uma câmara digital que lhe oferecera a sua ex-mulher, por ocasião de um aniversário. Teria sido pouco antes de ela ter sido internada numa clínica psiquiátrica. Foi o momento mais negro da sua vida. Nunca se sentira tão só como nessa altura. Mesmo agora, que vivia isolado de tudo e todos os que permanentemente o rodeavam, a vida parecia-lhe menos solitária e mais apetecível.

Os passeios que fazia de bicicleta pelas proximidades da sua casa e propriedade, faziam-lhe bem. O exercício físico punha-o em boa forma para a sua idade e reduzia-lhe alguma adiposidade, proveniente de alguns maus hábitos alimentares, principalmente as bebidas espirituosas de que não prescindia: o whisky, o brandy ou o conhaque e o vinho à refeição. A cerveja só ocasionalmente a acompanhar o marisco, os caracóis ou os amendoins. Para o marisco até preferia o vinho verde, principalmente o Alvarinho de que era grande apreciador. Desta vez, conseguiu descobrir o acesso por onde o automóvel terá conseguido chegar às ruínas. O caminho era deveras acidentado, até mesmo para uma bicicleta. Era percurso para um todo-o-terreno, mas dos bons, do tipo militar. Quando chegou, não avistou qualquer veículo nas proximidades. Teria a GNR levado o Audi para o posto? Iria passar pelo centro da vila e averiguar. Quando entrou no posto, estava à secretária um agente que o Pedro não tinha ainda visto.

"Vinha falar com o cabo Fernandes", declarou ele, depois de cumprimentar o seu interlocutor, à entrada.

"E o senhor, quem é?"

"Sou o morador e proprietário da Casa da Quinta da Torre. Vivo aí desde junho deste ano e chamo-me Pedro Slimani. O cabo Fernandes não está?"

"Está esta semana toda de licença. Sou o soldado Pereira e estou a substituí-lo até ele voltar. Queria fazer alguma queixa, reportar algum incidente?"

"Não, não. Queria só falar com o cabo Fernandes sobre um assunto pessoal que tratei com ele há uns dias. Nada de importante… Não o incomodo mais. Tenha um bom dia!"

O Luís mandou a Teresa dizer ao Pedro que era esperado nesse sábado no restaurante, cerca das dezanove horas. Disse-lhe, inclusive, para recomendar ao Pedro que fizesse um almoço frugal, pois tinha trazido de Sesimbra seis lagostas para as quais *precisava de auxílio*, pois eles, os comensais, eram apenas dois. A Teresa preferia gambas a lagosta e, por isso, não era a aliada para esta luta desigual. O Luís reclamava o auxílio do Pedro nesta batalha gastronómica. O Pedro já se sentia em forma e este *combate* era, no mínimo, apetecível. A Teresa confidenciara-lhe a receita, para aguçar ainda mais o seu apetite. Iriam esses nobres exemplares da família dos crustáceos ser assados com manteiga, alho, limão e queijo. Para acompanhamento, algo ligeiro como, por exemplo, uma salada de alface e tomate cereja, temperada com um fio de azeite e sumo de limão.

No final da refeição, quando o Pedro sorvia, deliciado, um cálice de conhaque *Rémy Cointreau Louis XIII*, cortesia do Luís que o tinha trazido da Bélgica, na sua última viagem, o escritor ouviu-se a si mesmo confessar que tinha ido às autoridades participar que encontrara uma viatura abandonada a poucos metros da entrada do templo romano em ruínas. Devido aos efeitos do álcool e da conversa animada e agradável que tinha tido, até ao momento, com o seu amigo, não notou a sombra que perpassou o olhar deste e não deu importância ao facto deste se ter mostrado, após a sua confissão, silencioso e reservado, durante um bom minuto. Quando o silêncio começava a incomodar e a tornar-se pesado, o Luís pigarreou e, numa voz calma, mas sombria, declarou: "Pedro, nesta terra estamos habituados a ter as autoridades a investigar casos de polícia e não o público. Digo-lhe mesmo que há algum mal-estar por parte dos agentes da GNR quando um de nós, civis, acha que pode fazer o trabalho deles e começa a enumerar teorias da conspiração à sua frente."

"Ó Luís, longe de mim querer fazer de detetive! Apenas notifiquei a autoridade de que o carro parecia ter sido abandonado à porta de um monumento nacional. Não estava à espera que ficasse ressentido comigo por ter tido esta iniciativa."

"Vou ser franco consigo, Pedro!", continuou o Luís no mesmo tom grave e sério. "Há coisas que se passam nesta terra que não têm uma explicação racional. Todas elas ligadas às ruínas do templo romano que bem conhece. O meu conselho de amigo é apenas este: não se envolva nos mistérios da terra. Deixe que o Destino resolva o nosso dia-a-dia e aproveite a amizade dos que o rodeiam. Não deixe que a sua curiosidade estrague o bom relacionamento que conseguiu aqui entre as gentes desta povoação!"

Quando o Pedro regressou a casa e refletiu sobre a estranha reação do Luís, achou que, inadvertidamente, fizera algo que desagradara profundamente àquele que ainda considerava seu amigo. Por que razão levaria ele a mal a sua natural curiosidade de escritor? Em que é que isso o prejudicava?

Havia, de facto, muita coisa que o Pedro ainda desconhecia sobre o Luís e, muito em breve, iria deparar-se com algo para o qual não estava preparado.

X

OM a chegada do Outono, as paisagens mudavam as cores
e os castanhos e dourados que manchavam o solo, coberto de
folhas caducas, acrescentavam-lhe um toque especial de beleza,
como se o próprio Criador viesse pintar a paisagem daquele
canto da Terra com a mão mágica de um mestre.

O Luís enviou ao Pedro, numa dessas manhãs, na saca do
pão, um sobrescrito que continha um texto que o convidava
a visitar a propriedade que possuía em Figueira de Castelo
Rodrigo, uma quinta de vinte e cinco hectares, na zona de
Barca d'Alva, a pouca distância do Rio Douro. O casarão que
dominava essa propriedade ficava a poucos minutos, a pé, da
margem e, das varandas do primeiro piso, podia avistar-se essa
estrada de água de tons azulados, como que a chamar o visitante
para vir molhar os pés ou, estando apto para tal, mergulhar
nesse espelho do céu.

Chegaram num jipe Mercedes, carro que até então nunca
tinha visto a circular pelo vilarejo onde habitava. Aliás, nem
sequer sabia que o amigo conduzia, muito menos que possuía um
veículo desta envergadura. Este confessara-lhe que o Mercedes
estava no nome da filha e que era ela a habitual condutora deste
todo-o-terreno, topo de gama.

O solar, ultramoderno no interior, conservava a fachada
original, impecavelmente restaurada, de uma residência de
monges do século XVII e dispunha, ainda, de uma capela,
também primorosamente restaurada. A aparente opulência em

que o seu amigo, embora de forma disfarçada, vivia, devia-se, única e exclusivamente, aos diamantes que o pai do Luís trouxera de Angola, na sua maioria pedras enormes por lapidar. Era em Antuérpia que o Luís possuía uma fábrica, também em nome da Teresa, que lapidava as pedras e as transformava em objetos brilhantes, desejados e, pelos vistos, pagos principescamente pelas casas mais famosas de joalharia do mundo.

Estar na casa do Luís era como estar em turismo de habitação, em instalações de luxo. Na realidade, o solar era, de junho a agosto, mediante reservas feitas com bastante antecedência, alugado a grupos de turistas estrangeiros, grupos estes, aprovados pelo Luís, após investigação dos seus contactos por alguém que ele conhecia na Interpol.

O Pedro, apesar de ser dono de uma propriedade idílica e viver numa casa extremamente confortável e moderna, imaginou-se a passar a etapa derradeira da sua vida no meio de tal opulência e acabou por achar que, provavelmente, não iria sentir-se mais feliz do se sentia, a viver da sua pensão de professor reformado e das vendas de alguns dos seus livros que obtiveram boa resposta junto do público. Resolveu aproveitar aquela mudança de ares e desfrutar desses dias que o seu amigo lhe proporcionara no deslumbrante cenário desta sua quinta, na proximidade do rio Douro. As refeições do primeiro dia tinham sido preparadas no seu restaurante pela sua cozinheira africana e trazidas em caixas frigoríficas, sendo apenas necessário aquecê-las no fogão ou no forno. A mulher do seu caseiro ficaria a cargo dessa tarefa de tratar das refeições, durante a estadia do Luís e do Pedro. A Teresa viria ter com eles dentro de dois ou três dias e, também, daria, nessa altura, uma ajuda na preparação das refeições. Após uma visita à cave do solar, onde havia uma adega bem provida com os mais diversos néctares engarrafados, o primeiro almoço, servido numa sala do primeiro andar com vista para o rio, foi um autêntico manjar dos deuses. O Luís trouxe para a mesa uma travessa e sorria, enquanto anunciava: "Aqui está um bacalhau em crosta de amêndoa com puré de gambas, preparado pelas mãos mágicas da Lueji. Espero que goste. Escolhi, para acompanhar este prato, duas garrafas deste vinho branco do Douro que, como apreciador que sei que é, irá, indubitavelmente, fazer as suas delícias."

Dizendo isto, mostrava-lhe uma das garrafas onde se podia ler num rótulo branco, em letras douradas, *Aneto, Grande Reserva Branco* 2015.

Era nestes momentos tão aprazíveis que o Pedro agradecia aos céus pela vida que agora levava, embora tivesse tido momentos muito difíceis até chegar a esta fase mais tranquila e repousada. Parecia que era neste autoexílio que lhe estava a dar mais prazer viver. Estava cada vez mais longe do inferno por que passou, aquando do seu divórcio e internamento da mulher e apenas nos seus pesadelos surgiam lembranças desses tempos conturbados de abandono e solidão. O único senão, na sua tranquilidade atual, era aquela assombração da suposta esposa do Luís que, na tristeza angelical que a caracterizava, o avisara várias vezes dos perigos que corria ao ficar em Almofala e as suas crescentes e previsíveis suspeitas quanto à participação criminosa e sobrenatural de Lueji, não só no desaparecimento de pessoas estranhas à localidade, como nos milagres de cura de Teresa. Já para não falar daquela ceia em que fora transportado em espírito para uma aldeia africana e participara num estranho ritual que parecia venerar o diamante conhecido como o *Devorador de Almas*. O que lhe faltava saber, porém, era qual o papel do Luís neste tenebroso assunto. Seria conivente ou incauto? Por mais que considerasse o Luís como um amigo, algo lhe dizia que este também estava sob domínio do poder do diamante e que a sua obsessão pela saúde da Teresa o levara a ser cúmplice de todo este horror. A excitação que todo aquele mistério lhe provocava, dava-lhe alento para pesquisar sobre a família do Luís, sobre a localidade e sobre as curiosas ruínas romanas, no topo da colina. Eram excelentes ingredientes para usar nos episódios do romance que estava a escrever. Não queria dar importância ao facto de a sua vida estar em risco, apesar de os avisos recebidos e os rituais sobrenaturais a isso apontarem. Se ele não virasse as costas e fugisse daquele lugar o mais depressa possível, seria inevitável esse desfecho fatal. Mas, para quê viver a vida sem alguma emoção e aventura? Ia aproveitar estes momentos e ver até onde o destino o levava. Além disso, o seu corpo já não respondia a estímulos de outrora, àquela vontade indómita de amar, de seduzir e ... custava-lhe até assumir isso, mas dissipara-se-lhe, inacreditavelmente, a ambição de ser reconhecido pelo mundo literário como merecedor do prémio Nobel da literatura. Afinal, essa sua obsessão não era mais do que, como indica a conhecida expressão latina, *vanitas vanitatum et omnia vanitas*[13].

Aparentemente, parecia que se rendera à indolência e que cruzara definitivamente os braços perante a vida e, agora que achava que encontrara o local perfeito para esperar pela Morte, já nada lhe restava fazer senão usufruir dos prazeres gastronómicos que o Luís lhe proporcionava e distrair-se com as suas leituras e com as conversas com o seu interlocutor quase exclusivo e pelo qual sentia um peculiar fascínio.

Quando se foi deitar naquela cama elegante do encantador

---

13   Vaidade das vaidades e tudo é vaidade.

quarto que lhe fora atribuído, com vista para o rio e para o jardim da entrada, sabia que nada de melhor lhe estaria reservado nos anos que lhe restavam e cumpria-lhe aproveitar o que lhe era oferecido, generosamente, pelo seu anfitrião. As memórias dos piores momentos da sua vida atormentaram-no, mais uma vez, antes de adormecer, naqueles lençóis finos de seda. Lembrou a loucura da sua mulher, afetada pela doença mental, ao destruir-lhe a sala do apartamento onde os seus livros se expunham, enchendo-a de gatos. Depois, já nem ligava aos pobres coitados dos animais e ele teve de contratar alguém para cuidar deles. Ai dele se pensasse em desfazer-se dos gatos. Para ela, eram os seus filhos, apesar de, na maior parte do tempo, não lhes prestar qualquer atenção. Ela acabou por ser, por ordem do médico que a acompanhava, internada num hospital psiquiátrico. O Pedro nunca mais soube dela, nem sentiu vontade de alguma vez a visitar. Essa inesperada insensibilidade era causada pelo total alheamento da esposa que nos últimos meses nem sequer sabia quem era aquele homem que vivia lá em casa com ela, sempre fechado no escritório, em frente ao seu computador portátil a escrever e a ler.

Sonhou que estava no meio da aldeia africana com que alucinara no jantar com os idosos da vila, onde os homens, armados e com pinturas de guerra, executavam uma dança à volta de uma grande fogueira. Atrás deles, podia ver a figura de uma mulher esbelta e jovem, com os seios à mostra e, entre eles, um colar de osso onde pendia um medalhão centrado por um diamante de cor rosada que brilhava como um sol. De facto, esse brilho ofuscava-o e, como tal, não se apercebeu de que ela estava completamente nua. O sorriso sobrenatural da sua boca, revelou-lhe a identidade dessa estranha mulher. Era a Lueji, ou antes, uma variante rejuvenescida da cozinheira africana. Ela avançou direito ao Pedro, no meio do batuque dos tambores que subia de volume a cada uma das suas passadas felinas. O diamante atraía o olhar do escritor, como se mais nada daquele estranho cenário lhe interessasse. Ela segurou-lhe o queixo, a luz do diamante como que diminuiu e o Pedro apesar de, agora, poder ver a mulher em toda a sua nudez, ficou fixado nos olhos negros e fundos dela.

"Sabes, branquela, foi o devorador de almas quem te escolheu porque viu as trevas da tua alma, logo no primeiro contacto que tivemos. Ele soube que abandonaste a tua mulher quando ela mais precisava de ti, deixaste que a enclausurassem naquele hospício e não quiseste saber mais dela. Ela morreu esta noite e, no último suspiro, teve um momento de lucidez e chamou por ti. Pedia-te que não a deixasses só e que a viesses buscar porque ela te amava, de verdade. A tua insensibilidade e egoísmo valeram-te um lugar na minha corte. Eu sou Luéji A'Nkonde, rainha da Lunda e das Almas Penadas! E hoje ocuparás o teu lugar junto de nós, no reino do *Devorador de Almas.*"

Os tambores estavam agora tão frenéticos que o Pedro sentiu-se acordar com o ruído entre os lençóis de seda, alagado em suor. Ao acordar, não conseguiu sacudir um sentimento de culpa por ter negligenciado aquela que fora sua mulher, mas o facto de esta lhe ter dito, olhos nos olhos, que já não o amava mais, tinha-o definitivamente deixado indiferente a tudo o que a ela dizia respeito. Iria contactar o seu editor, na manhã seguinte, para saber notícias da sua mulher. Será que este sonho era um aviso? O cheiro perfumado de Lueji podia sentir-se no quarto, no ar à sua volta. Será que a bruxa africana entrara no seu quarto sem ele perceber? Tudo parecia estar fechado e tal como quando se deitara, mas o som dos tambores ressoava ainda nos seus ouvidos, porém, como se viesse de muito longe. Parecia que os batuques o tinham acompanhado no despertar para a realidade. Depois, o som longínquo converteu-se no ruído próximo de um automóvel a chegar ao terreiro do solar. O Pedro, cheio de curiosidade por saber quem chegara àquela hora da noite, levantou-se da cama e foi à janela que dava para o terreiro, abriu um intervalo na persiana e espreitou. Era um jipe da Guarda Nacional Republicana e, dentro dele, saíram dois homens fardados. Ouviu-se uma voz feminina a cumprimentar e a dizer que o patrão os esperava no salão. Uma das vozes masculinas que ouviu soou-lhe familiar: podia jurar que era a voz do cabo Fernandes, daquele GNR que o atendera lá no posto de Almofala e a voz feminina pareceu-lhe a da cozinheira do Luís. Então, a Lueji estava mesmo presente naquela casa. O Pedro não dera pela sua chegada e, provavelmente, por artes sobrenaturais, visitara, certamente, o seu quarto e entrara no seu sonho. Vestiu o seu roupão, calçou as pantufas e preparou-se para, o mais discretamente possível, descer as escadas e espreitar o que teriam vindo fazer estes agentes ao solar, a essas horas da madrugada. A porta do seu quarto estava trancada por dentro, como a deixara quando se veio deitar. Destrancou-a o mais silenciosamente possível e dirigiu-se à escadaria que levava ao piso inferior. Havia luz no *hall* e o som de vozes vinha da sala grande que servia de biblioteca e escritório. Espreitou para baixo, para verificar se havia mais alguém ao fundo das escadas e, ao descer um a um cada degrau, quase em câmara lenta, ia olhando em todas as direções, para os recantos e para os corredores que espalhavam sombras pela casa, devido à luz que vinha do *hall*, de um candeeiro que pendia do teto, por cima da porta da rua. Aparentemente, estavam todos reunidos no salão. Ouvia-se, nitidamente, a voz do Luís que fazia perguntas a um dos militares que respondia prontamente. O Pedro aproximou-se da porta que estava entreaberta e espreitou pelo intervalo. Ali, junto à secretária do Luís, estavam o cabo Fernandes e um militar da GNR de patente superior que o Pedro nunca tinha visto. Estavam ambos sentados, junto à secretária de mogno e bebericavam uns cálices generosos de brandy, daquele que o Luís oferecia, habitualmente, aos seus amigos mais próximos. O Luís, de pé, em frente à janela que dava para o terreiro e para os reflexos da lua nas águas calmas do rio Douro, perguntava: "A questão do Audi está definitivamente resolvida?"

"O veículo foi completamente desmontado, peça por peça...", respondia o militar mais graduado. "E um agente nosso encarregou-se de as levar para um ferro-velho, em Espanha, que terá neste momento despachado todas, inclusive alterando o número de chassis do motor, pelo que será praticamente impossível saber qual era o seu último proprietário."

"Ótimo!", respondia o Luís com um ar de satisfação que o Pedro nunca lhe tinha visto antes. Parecia que se deleitava com o que tudo indicava ser uma atividade criminosa que, com a complacência e cumplicidade da autoridade, teve, como consequência, a morte de vários indivíduos.

O Luís dirigiu-se, então, à sua secretária, abriu uma das gavetas e retirou de lá de dentro dois pequenos sacos de pele, fechados com um atilho, e atirou-os para cima do tampo, na direção de cada um dos militares.

"Aí estão, para premiar a vossa lealdade e colaboração, vinte diamantes, em cada saquinho, com um valor total por saco estimado em um milhão de euros, meus amigos. Desfrutem e preparem-se para a vossa próxima missão, da qual vos irei agora falar", disse ele, enquanto sorvia mais um trago de brandy.

O Pedro, espreitava pela abertura da porta, incrédulo. Então o Luís comprara a autoridade com os seus diamantes e ninguém havia, ainda, descoberto a trama? Seria um enorme furo jornalístico, se ele fosse jornalista. Este acontecimento fez-lhe lembrar um episódio do seu romance, *A Reforma*, acabado de concluir, no qual havia uma cena muito semelhante, envolvendo um vilão que corrompia as autoridades. A sua imaginação levara-o, inocentemente, a prever uma situação real.

Repentinamente sentiu uma presença atrás de si, uma presença que lhe arrepiou os cabelos da nuca.

"Que está aqui a fazer o senhor? A espiar o patrão? É assim que lhe demonstra a sua amizade?"

Era Lueji, com um sorriso maléfico, trazendo ao pescoço o medalhão com uma pedra preciosa rosada, que brilhava como uma estrela, o *Devorador de Almas*. O Pedro, fazendo jus ao seu nome, ficou perfeitamente petrificado, uma estátua de carne e osso, sem se conseguir mexer. Ouviu a voz do Luís, vinda de dentro do salão. "Pode fazer entrar o nosso hóspede e trazê-lo para o pé de nós, já que ele está tão curioso por saber do que estamos nós a tratar…"

Na sua mente ressoou a voz de Lueji, ordenando: "Entra, branquela! O patrão pede a tua presença".

Como um autómato, sem conseguir controlar os seus movimentos, o Pedro viu-se a abrir a porta do salão e a entrar, caminhando até à secretária onde o Luís se sentava, sorvendo um gole do seu brandy. Tinha um olhar triste, mas determinado.

"Meus senhores, apresento-vos o meu hóspede, o ilustre

escritor Pedro Slimani. Pedro, já conhece o cabo Vítor Fernandes, creio eu, e este outro militar é o tenente-coronel Oliveira, um amigo a quem devo muitos favores que tento pagar com os diamantes que a minha fábrica em Antuérpia lapida, elevando o seu valor para montantes fabulosos e que me dão grande poder económico. Sei que não pode falar, porque está sob o comando do Devorador de Almas, mas falarei eu por si."

Sem ter dado algum comando mental aos seus membros locomotores, o Pedro viu-se a pegar numa cadeira e a sentar-se junto aos militares da GNR e a aguardar o que mais o Luís tinha para dizer. Na sua mente, algo lhe dizia que nada de bom o esperava, mas, mesmo assim, estava curioso por saber até onde esta aventura sobrenatural o iria levar.

"Esse diamante rosado que a Lueji traz ao peito, não é uma pedra natural. É um artefacto tecnológico poderoso que veio de uma outra dimensão", continuou o Luís, pousando o seu cálice em cima da secretária. "Nas primeiras dinastias do Antigo Egito era conhecido como o *Olho de Anúbis* e consta que o próprio deus egípcio o terá ofertado a um dos seus sacerdotes, pela rara capacidade de este conseguir sentir, apenas pela proximidade ou pelo toque, qual o estado de saúde de uma pessoa ou de qualquer outro ser vivo. Sabia, inclusive, quando iria morrer quem o quisesse saber, mesmo ele próprio. Este sacerdote terá viajado para o interior de África, numa missão mandatada pelo deus Osíris, para ir ao encontro de uma mulher, uma alma gémea do sacerdote, poderosa como ele e que este deveria tomar como esposa e propagar com ela a sua prole que iria, assim, herdar e reforçar os seus poderes. Ele assim o fez. Encontrou-a, desposou-a e tornou-se rei de uma grande região, que incluía os territórios que hoje são designados por Sudão, Congo e Angola.

Teve quatro filhos: três rapazes e uma menina. A menina revelou-se ainda mais poderosa que os irmãos e que os seus progenitores. Conseguia curar e matar com a mesma facilidade. Previa o futuro e conseguia formular estratégias que levavam a sua tribo a vitórias retumbantes sobre os seus inimigos... Quando morreu o seu pai, este deixou-lhe como herança o *Olho de Anúbis,* concedendo-lhe, assim, todo o poder sobre o mundo dos mortos e, se o seu possuidor lhe entregar, por sua livre vontade, a alma, poderá viver eternamente, apenas sendo o seu espírito reclamado quando fizer o sacrifício de trocar a sua alma com a de outrem. O *Devorador de Almas* permite libertar uma alma em troca de outra. A minha mulher fez o primeiro sacrifício, pela filha. Eu fá-lo-ei quando a Teresa não precisar mais de mim e, assim, poderei libertar o espírito da minha mulher do limbo onde ela se encontra. É esse o meu destino que, provavelmente, virá mais breve do que penso, pois a Lueji recusa terminantemente dizer-me quando chegará a minha vez de partir para o outro mundo. Sim, a Lueji sabe quando cada um de nós, aqui presente, vai morrer. Na realidade, nenhum dos que se entregou ao diamante foi obrigado a morrer, nem mesmo os homens que vieram investigar-me da parte do estado angolano e que o Pedro viu aparecer na vila, num Audi preto. Quando o Pedro perguntava pela juventude da terra, achava estranho... Pois, além da minha filha moram aí, apenas, os dois filhos do proprietário da vinha grande que fica para norte e que têm menos de trinta anos. Raramente aparecem na vila. A maioria dos habitantes são idosos vindos de fora, até, por vezes, estrangeiros com doenças terminais que vêm pedir-me para morrer. Como sabem eles que lhes posso fazer a vontade? Dizem que sonham com esta vila, com o meu restaurante, e são atraídos para cá. Lembra-se, Pedro, quando lhe perguntei o que significava para si a morte e me respondeu que era um escape. Na realidade, é mais uma oportunidade de recomeço. Aquele a quem os antigos egípcios chamavam *Anúbis* pertence a uma espécie de criaturas de outra dimensão que o profeta Enoque designava por *Vigilantes*. Sei que o Pedro é ateu, mas existe algo de muito mais elevado na criação da nossa espécie do que o complexo, mas materialista, processo evolutivo natural. A própria matéria, na sua génese, contém muitos segredos para a ciência desvendar. Eu acredito que essas revelações aconteçam, gradualmente, premiando o esforço científico que está sujeito a um caminho árduo e cheio de surpresas para conseguir chegar às descobertas fundamentais que estão na origem do universo que conhecemos e de outros que desconhecemos... *Anúbis*, conhecido em outras culturas como *Nergal, Hades* ou *Plutão*, é uma entidade bem real e este artefacto criado pela sua espécie é um dispositivo de comunicação e de ligação entre Lueji e o deus do mundo dos mortos. Ela tem acesso às almas e ao limbo onde muitas delas esperam uma nova oportunidade, ou seja, mais uma reencarnação que as leve a ascender ao mundo das criaturas de luz. Estive, uma vez, com a ajuda da Lueji, frente a frente com uma projeção, chamemos-lhe holográfica, porque era o que parecia, para usar uma designação tecnológica com a qual estamos familiarizados, de Anúbis e posso dizer-lhe que apesar do seu rosto pouco se parecer ao rosto humano, também não tem semelhanças físicas com um chacal. Na realidade, o que mais estranhei foi a cor azulada da pele e a sua altura e corpulência. Acho que os egípcios associaram o facto de o chacal ser necrófago e representaram dessa forma o deus dos mortos. O facto é que esta entidade, que vem de um universo onde nem o tempo nem o espaço estão sujeitos às leis da física que regem o nosso universo, me fez ver que a nossa realidade depende dos nossos sentidos ativos e estes são tão limitados que apenas vislumbramos uma ínfima parte de tudo o que nos rodeia. O Pedro tem razão quando refere a morte como um escape, pois é um escape aos nossos limites físicos. A matéria que nos envolve aprisiona-nos e limita-nos. Porém, para habitarmos este universo, precisamos deste revestimento material a que chamamos corpo."

Depois deste discurso, o Luís retirou um cálice de brandy da cristaleira do salão e encheu-o generosamente do líquido da garrafa que os outros homens presentes apreciavam com deleite. Levou-o até ao Pedro e disse-lhe que podia pegar no copo, pois o diamante já não exercia qualquer domínio sobre ele. O Pedro mexeu a mão direita como se estivesse a experimentar uma prótese e, finalmente, sem dizer uma palavra, pegou no cálice e bebeu, de um sorvo, quase todo o conteúdo. O efeito do álcool a entrar, repentinamente e com toda a força, no seu organismo originou-lhe um esgar, um franzir do rosto que lhe confirmou que não estava a sonhar, que afinal aquela bizarra reunião noturna era mesmo realidade.

"Desculpem a intrusão", explicou-se o Pedro, virando-se para todos os que o olhavam no salão, "foi a minha curiosidade que me levou a descer do quarto e indagar o que se passava, pois, ao avistar pela janela um jipe da GNR, pensei que algo de grave lhe tinha acontecido a si, Luís, ou a algum dos seus. Fiquei preocupado, mas, afinal, estão aqui todos reunidos por minha causa. Não precisava de usar os poderes do diamante para mostrar que ficara zangado comigo, pelo meu atrevimento de reportar à GNR o estranho aparecimento de um automóvel do Estado, junto ao templo romano, e de informar a autoridade de que observara uns homens saírem desse carro e dirigirem-se ao seu restaurante, homens esses que nunca mais foram vistos. Aliás, foram esses eventos a principal inspiração para o romance que acabei de escrever. Na realidade, já enviei esta história ao meu editor, em formato digital, junto com o recado de que pedisse aos seus amigos do governo que investigassem o poço do templo em caso de ser declarado o meu desaparecimento."

"Olhe, Pedro, se fosse por mim, você estaria a dormir descansado na sua cama", retorquiu o Luís. "Amanhã tomávamos um pequeno-almoço daqueles que até são descritos nos seus romances e que nos deixam cheios de energia para o resto do dia, passeávamos pela propriedade e conversávamos sobre os mais variados temas que nos apaixonam, mas, infelizmente, não tenho boas notícias para si. Não lhe levo a mal a sua curiosidade nem a sua iniciativa de esclarecer algo que, se fosse a público, destruiria a minha vida e a da Teresa. Não julgue que me tornei seu inimigo. Pelo contrário, admiro-o pela sua coragem e frontalidade. Lueji, que tem alguma dificuldade em tolerar a existência de africanos ou descendentes de africanos de tez branca, também não o odeia. Chama-lhe *branquela*, porque já não é humana e considera a nossa espécie arrogante e primitiva. O *Olho de Anúbis* fez dela uma semideusa e a sua idade real, que não corresponde ao aspeto físico, é prova disso. Consegue imaginar que esta mulher já viveu mais de dois milénios? É a guardiã do diamante e sacerdotisa de Anúbis. Tem uma dívida de gratidão para com o meu pai que resgatou a pedra preciosa das mãos da Diamang, a seu pedido, bem antes de esta ser enviada para o Estados Unidos como estava previsto, onde um departamento do Estado ligado às Forças Armadas, dedicado a artefactos alienígenas, a esperava para conduzir experiências e aproveitar a tecnologia.

"Patrão", interrompeu Lueji, "o mestre também deseja falar com ele, através do seu corpo, agora!"

"Depressa", pediu o Luís. "Põe-me o colar ao pescoço, rápido. Não queremos fazer esperar o mestre."

A africana avançou rapidamente até onde estava o Luís, colocou-lhe o colar com o diamante ao pescoço e, fazendo-lhe uma vénia, recuou para o lugar onde estava antes.

Na frente de todos e perante um incrédulo Pedro, o corpo do Luís iluminou-se como se o diamante o tivesse incinerado e, progressivamente, um ser claramente alienígena, de pele azul, resplandecente, com vestes a fazer lembrar ornamentos do Egito Antigo, começou a preencher os limites corporais do Luís. Era a entidade, conhecida por Anúbis, que se apoderava do corpo do humano. Lueji e os dois militares curvaram-se perante este estranho ser e, num tom solene e venerando, pronunciaram em uníssono: "Bem-vindo, mestre!" Este, com uma voz grave, mas suave, dirigiu-se, nestes modos, ao escritor: "Humano, se querias provas da existência de uma entidade criadora, acima de tudo e todos neste universo e nos outros, olha para mim! Todos os destinos estão interligados e nada acontece por acaso. O Criador designou-me como o vigilante das almas humanas neste corpo celeste onde resides. Faço este trabalho desde o começo da Humanidade. Aliás, foi a minha espécie que, instruída pela entidade divina, concebeu a tua. O que anima esses corpos físicos, esse revestimento material diverso de que todas as criaturas presentes no multiverso necessitam para poderem experimentar a dimensão a que pertencem, é uma essência energética, a que vós, os humanos, chamais alma e que existe em toda a criação, como semente divina que pertence à essência do Criador. Na realidade, somos todos parte dele e é por isso que estamos intimamente ligados uns aos outros, como células que formam o tecido divino. Sei que tudo isto que te revelo parecerá avassalador para uma mente humana processar e só após o abandono permanente do invólucro físico terás a verdadeira noção da complexa realidade da tua existência. A razão prende-se com o facto de todas as criaturas terem de passar por um processo de sublimação, ou seja, evolução espiritual, para chegarem ao nível do Criador e poderem não só assisti-lo na criação mas também orientarem as criaturas no sentido de as fazer evoluir espiritualmente, como nós fizemos convosco, diga-se, com alguma dificuldade, pois as Trevas, as forças negativas que se opõe ao Criador, têm lutado tenazmente para que não consigais ultrapassar os vossos vícios, como o egoísmo e a ânsia de poder que alimentam a violência e a guerra neste vosso mundo."

Os olhos da entidade brilharam ainda mais intensamente, quando disse: "Humano, conheço bem a tua alma e há alguma treva que a infeta. A tua obsessão pelo reconhecimento máximo dos teus pares pelas tuas obras escritas, fez-te indiferente aos outros e, como tal, afastaste-te de todos, mesmo daquela que te amou e chamou por ti, no leito da morte. Conduzi a sua alma ao limbo onde as almas aguardam por nova etapa de sublimação. O sofrimento que a doença lhe causou e a solidão e abandono em que tu a deixaste, deixou-a a um passo de terminar a sua missão atual e ascender. O que lhe faltou foi a reconciliação com o seu marido, algo que tentou nestes dias finais até ao último suspiro, mas tu não estavas lá. O teu sonho do Nobel da Literatura não te posso dizer se se tornará realidade, mas posso dizer-te que não estarás cá para o ver, pois o destino vai fazer o teu coração parar, dentro de alguns meses. Agora, pergunto-te: o que vale para ti o reconhecimento da Humanidade em comparação com o reconhecimento do Criador e da ascensão espiritual da mulher que amaste, que um gesto altruísta te poderá proporcionar? O Criador deu-me a possibilidade de fazer a tua esposa cumprir o desígnio que lhe faltava. Só precisas de te reconciliar com ela. No entanto, não estando ela vivente nesta dimensão, só o poderás fazer se, voluntariamente, passares para a outra dimensão e trocares a tua alma pela dela. Tu aguardarás no limbo por mais uma etapa da tua evolução e ela avançará para a Luz e ficará mais perto do nível do Criador. O livre arbítrio que ele te concede faz parte do teu plano de evolução. São as escolhas que fazemos que nos definem e nos fazem evoluir ou regredir."

A luz que irradiava do corpo do Luís e o tom azulado que a sua pele adquiriu começaram progressivamente a desvanecer, até que este anunciou, na sua voz natural: "O Vigilante já não está entre nós!"

Ao olhar para a cara do Pedro, lívida e de ar pesado, pegou na garrafa de brandy, deslocou-se pela sala até onde estava o escritor e encheu-lhe o cálice, desta vez.

"Afinal, meu caro, a nossa realidade é bem mais estranha do imaginamos, não acha?", perguntou com alguma ironia o empresário, enquanto o Pedro emborcava o conteúdo do cálice de uma só vez. "Suba até ao seu quarto, reflita sobre qual vai ser a sua decisão e durma um pouco, pois aos primeiros raios de sol, deverá comunicar-nos se, voluntariamente, se vai juntar à sua mulher ou não."

XI

PEDRO, sem dizer palavra, pousou o cálice na mesa, virou as costas a todos, encaminhou-se para a porta do salão, saiu para o *hall* e subiu, como um sonâmbulo, as escadas que davam para o piso superior onde estava o seu quarto. Deitou-se na cama, de barriga para cima e beliscou-se com força na cara e no braço. Não, não era um sonho. Estava em choque. Esta revelação alterava toda a sua perspetiva sobre a realidade e sobre o mundo em que vivia e pôs, inclusive, em causa, os dogmas da ciência e a soberba e arrogância da comunidade científica que se crê a detentora de todo o conhecimento, quando ainda tanto nos falta descobrir.

O facto de lhe ser anunciado que teria poucos meses de vida não o deixou muito preocupado, pois já sabia que uma insuficiência cardíaca o afetava. Soube-o um ano depois de se ter reformado. Achava, até, que vivera demais. Tinha tido uma vida relativamente agradável a nível profissional, com mais momentos de sucesso que de fracasso, mas a sua vida pessoal e sentimental manchava esse equilíbrio que pautara toda a sua vida. Sem filhos, sem amigos, tirando o seu editor e o Luís, sem ter amado nem ter sido amado por ninguém, exceto por aquela que fora sua mulher e que ele ignorou durante os últimos anos da sua vida, tudo isso levava-o a fazer um balanço negativo do que fora a sua existência neste mundo. Agora, que a vida lhe chegava ao fim, havia a possibilidade de uma saída em grande e ele, que nunca acreditara na existência de uma divindade que olha pela sua criação, rendia-se agora às evidências apresentadas pela entidade interdimensional que se autodesignava *Guardião do Mundo dos Mortos*.

A decisão sobre o que deveria fazer tornava-se óbvia. Ainda noite cerrada, o Pedro barbeou-se, lavou-se, vestiu-se e saiu do quarto, em direção ao piso inferior. O Luís, a Lueji e os agentes da autoridade, esperavam-no no *hall*, como se soubessem que ele iria descer nesse instante.

"Estou pronto!", anunciou o escritor, de rosto lívido, mas resoluto e sereno, e perguntou em seguida: "O que preciso de fazer para ajudar a minha mulher a ascender?"

Lueji encarregou-se de responder: "Ela está lá fora, esperando por ti, branquela. Vai ter com ela e não te esqueças de lhe pedir perdão por a teres abandonado!"

O Pedro abriu a porta que dava para o exterior da mansão e sentiu a brisa fresca da madrugada a beijar-lhe o rosto. Ali estava o jipe da Guarda, estacionado junto a um canteiro que um foco de luz num recanto da parede da casa iluminava e, à medida que se afastava da iluminação artificial e penetrava na escuridão da noite, pareceu-lhe ouvir o som de tambores e uma voz, ao longe, que chamava o seu nome. Inicialmente, a voz assemelhava-se àquela que ouvira no fundo do poço, nas ruínas romanas de Amofala, mas, ao divisar um vulto de vestido branco, a poucos metros de distância, no meio de um caminho de terra batida que dava acesso à margem do Douro, percebeu que quem o chamava era o espírito da sua ex-mulher.

"Leonor!", chamou ele.

"Vem até mim, querido", respondeu ela. "Estou aqui! Vem dar-me a tua mão para conversarmos."

O Pedro avançou para aquele vulto branco, de aura

luminosa muito suave e reconheceu as feições daquela que fora sua mulher, tal e qual como quando se conheceram, sem o olhar sombrio e a tez doentia que a BPD lhe trouxera. Ela estendeu-lhe a mão e o Pedro agarrou-a. Estranhamente, a mão era a de um corpo vivente, emanando até algum calor. Estaria viva?

"Foi o Criador que permitiu que nos pudéssemos encontrar e falar, por isso não estranhes nada do que vês ou ouves."

"Peço-te perdão, Leonor, por não ter estado contigo quando mais precisavas! Fui egoísta e o remorso consome-me, agora mais do que nunca."

"A culpa também foi minha. Rejeitei-te quando a doença mental se apoderou de mim e só em raros momentos de lucidez me lembrava que te amava e sentia que te estava a perder. Não consegui dar-te filhos. Compreendo que te tenhas afastado."

"Afastei-me de tudo e de todos e sempre me sentia incompleto e insatisfeito, até que encontrei um lugar longe de tudo e de todos que me fez esquecer até de ti. Quero compensar-te. Tu foste a única mulher que amei e deves saber isso, agora. Quero que subas até à Luz do Criador, agora que sei que ele vela por nós, eu que sempre fui descrente. Agradeço-lhe o ter-me feito acreditar, antes de deixar este corpo físico."

"Meu querido, caminha comigo", pediu-lhe a mulher. "Quero que vejas em que lugar tenho estado a esperar por ti."

Chegaram à margem do rio e o som dos tambores cresceu e, sobre a água, materializou-se a aldeia africana já conhecida dos sonhos do Pedro. Olhou para a esposa e ela estava completamente nua. "Para onde vamos, as tuas roupas não podem vir", disse ao marido.

O Pedro, sem questionar, despiu-se prontamente e os dois, de mão dada, juntaram-se ao grupo que dançava ao som dos tambores, à volta da fogueira. "Que saudades tenho do tempo em que andávamos de mão dada, apaixonados!", dizia o Pedro, puxando a esposa para si com a intenção de a beijar. Foi então que viu que era Lueji quem lhe segurava a mão e lhe dizia, com uma risada sinistra: "Bem-vindo ao meu reino, branquela!". O Pedro viu-se, de súbito, completamente submerso em água escura. Nu, com a planta dos pés a tocar os seixos e a lama no leito do rio, sentiu-se afogar e um frio intenso penetrou-lhe a alma.

XII

DIOGO Vasconcelos, editor e CEO da *Letras d'Água*, editora livreira sediada na capital e responsável pela maior parte das publicações das obras de Pedro Slimani, sobretudo as mais recentes e as que lhe fizeram ganhar notoriedade, tanto a nível nacional, como internacional, acabara de chegar ao escritório da empresa e preparava-se para ler a correspondência diária, a que trouxera da caixa de correio, que deveria ser quase tudo contas para pagar, e a eletrónica. Como tal, ligou o portátil que repousava sobre a secretária e, tal como fazia sempre, abriu um jornal online para rapidamente tomar conhecimento das notícias do dia. Destacava-se uma notícia que o deixou consternado. Um escritor português de renome era dado como desaparecido e buscas feitas de imediato localizaram as roupas do indivíduo, junto à margem do rio Douro, nas proximidades de Barca d'Alva. O caseiro de um solar, que era uma unidade de turismo de habitação, ao percorrer um caminho privado que levava até essa margem do rio, avistara e reconhecera a roupa deixada aí em desalinho, como sendo a do hóspede Pedro Slimani. O caseiro, inicialmente, não fazia ideia de que se tratava do seu hóspede, o escritor famoso. Depois de vasculhar as roupas é que percebeu de quem eram e avisou, logo em seguida, as autoridades. Arrependeu-se de ter mexido nas roupas, pois agora havia ADN seu espalhado por elas, mas esperava que isso não levasse a que a autoridade o considerasse suspeito de algum crime. O homem estava aterrorizado quando a polícia o interrogou. Não havia vestígios de violência, as roupas estavam em posição de quem as terá despido para dar um mergulho no rio. A corrente, que por vezes é forte nesse local, tê-lo-á arrastado e afogado. Fora essa a conclusão da polícia.

O editor, perturbado e triste, pegou na correspondência, meteu-a numa pasta e foi para casa. Não conseguiria trabalhar normalmente nesse dia, transtornado que estava por ter perdido um grande amigo e, além disso, o telemóvel começava a tocar sem parar e, ao chegar à porta do bloco de apartamentos onde vivia, havia repórteres à sua espera, dos jornais, da rádio e da televisão. Desviou o seu carro para uma rua paralela, saiu e percorreu uns metros a pé até às traseiras do prédio e, o mais depressa que pôde, enfiou-se na garagem e daí acedeu diretamente ao seu apartamento, evitando qualquer entrevista maçadora e inconveniente. Quem quisesse saber a sua opinião sobre esta tragédia, que o contactasse pelo telemóvel e aí ele marcaria dia e hora oportunos. Por ora, não estava com nenhuma vontade de falar nem de responder a mensagens e, de imediato, desligou o telemóvel. Ligou a TV e começou a abrir a mala e a retirar a correspondência que pousou na mesa de vidro entre o sofá e o aparelho de televisão. Parou, por uns momentos, pois o desaparecimento do escritor Pedro Slimani era a notícia do dia e, no canal estatal, reportagens na margem do rio Douro onde, eventualmente, este terá mergulhado, sucediam-se com entrevistas ao pessoal que trabalhava no solar.

Desligou o televisor e começou a abrir a correspondência. Havia uma série de contas para pagar, como esperava, relativas à editora e às suas instalações. Um sobrescrito, em correio azul, despertou a sua curiosidade. Remetente: Escritório de Advogados PCG, Guarda, Portugal, destinatário: Diogo Vasconcelos, CEO da *Letras d'Água*, editora.

O que quereria uma firma de advogados da cidade da Guarda, na Beira Alta, com ele ou com a sua editora?

A missiva declarava que um assunto relativo a uma herança que o envolvia precisava ser tratado com urgência e da forma mais discreta possível e que as várias tentativas da parte da firma de contactar, telefonicamente, a editora teriam sido vãs. No fim, seguiam vários contactos telefónicos e correio eletrónico e o texto terminava com o desejo de se estabelecer rapidamente a comunicação entre as duas partes.

O editor ligou o computador portátil que andava sempre consigo e ligou-o à internet para aceder à sua conta de correio eletrónico. Havia dezenas de mensagens, só daquele dia, na sua caixa de correio. E, como havia dois dias que não via o seu correio eletrónico, outro número infindável de mensagens e algumas com documentos anexos espalhava-se pela sua caixa virtual. Um ficheiro *pdf* e outro no formato *Word* de Pedro Slimani figurava numa mensagem no meio de um mar de outras. Abriu-a e leu o texto do seu desafortunado amigo que lhe dizia que deveria mandar investigar as ruínas romanas de Almofala, vila onde se refugiara, se fosse anunciado o seu desaparecimento ou morte. Quem fosse escolhido para essa tarefa, deveria ser informado para, de forma discreta, começar a investigação por um estabelecimento de restauração, com o nome de *O Emigrante*, localizado muito perto da casa onde habitava. Dentro de parênteses estava escrita a morada completa do restaurante. Por fim, recomendava-lhe a leitura e apreciação do seu último romance, *A Reforma*, história de ficção com episódios baseados nos mistérios da região de Almofala que forneciam, a quem quisesse investigar a situação real, pistas importantes.

Diogo guardou os anexos na pasta de obras a publicar e preparou-se para escrever uma mensagem ao gabinete de advogados a informar que recebera a missiva por eles enviada e que propunha um encontro através do Skype ou outra qualquer aplicação de videoconferência que preferissem, deixando igualmente aos juristas a escolha do dia e hora para tal.

Em seguida, abriu o ficheiro pdf intitulado *A Reforma* e começou a lê-lo. Parou para almoçar e, num pequeno aparelho de TV que tinha na cozinha, assistiu ao telejornal. A notícia do dia era a eventual morte por afogamento, no rio Douro, do célebre escritor português, Pedro Slimani. Não tinha sido ainda encontrado o corpo que, com as correntes, poderia ter sido arrastado para bem longe, a não ser que estivesse preso em alguma pedra ou vegetação, no leito do rio. Mergulhadores perscrutavam toda a zona inicial, numa extensão de dois mil metros.

O editor, após o almoço, retomou a leitura e, entretanto, o seu computador informava-o de que havia mensagens novas na caixa de correio. Pausou a leitura e abriu a caixa de correio. Uma mensagem do gabinete de advogados era a mais recente.

Abriu-a. Estavam disponíveis todos os dias úteis, até às cinco da tarde. Por baixo do texto vinha um endereço do *Skype*. O Diogo abriu o seu *Skype* e digitou no espaço adequado este endereço. O ecrã perguntava-lhe se queria adicionar este interlocutor e ele concordou.

Em breve, a comunicação foi estabelecida e apareceu no ecrã um indivíduo de meia idade, com pouco cabelo, de camisa branca e gravata azul-escura. Apresentou-se como sendo um advogado da firma de advogados PCG, Guilherme Castro, que representava o cliente Pedro Slimani. Informou o Diogo que o escritor tinha contratado os seus serviços para, em caso de falecimento, deixar ao seu editor, Diogo Vasconcelos, a sua propriedade em Almofala, no concelho de Figueira de Castelo Rodrigo, no distrito da Guarda. Teria de se deslocar à cidade, sede de distrito, ao gabinete de advogados e aí assinar um conjunto de documentos para a propriedade passar a pertencer-lhe legalmente. Não era possível fazê-lo remotamente e era muito difícil, com todo o trabalho que tinham presentemente em mãos, deslocarem-se a Lisboa com a celeridade necessária. Havia um primo direito do escritor que dizia ser o único familiar ainda vivo e, como tal, com direito a herdar fosse o que fosse do seu familiar. Convinha que o Diogo fosse o mais breve possível à cidade da Guarda para se antecipar a um processo que poderia ser demorado se o primo em causa resolvesse disputar no tribunal este bem que não lhe fora deixado.

Com Francisco Almeida, o sócio do Diogo, a gerir a editora na ausência do CEO, o editor deslocou-se à Beira Alta e, tendo decidido fazer uma investigação pessoal ao mistério de Almofala, aproveitou para, pela primeira vez na sua vida, fazer umas férias, durante o máximo de duas semanas, pois, mais do que isso seria sobrecarregar de trabalho o seu sócio. Iria, assim, ficar durante quinze dias nesta sua nova e inesperada propriedade, herdada do seu amigo de longa data, Pedro Slimani.

O editor ficou deslumbrado com a paisagem e com a casa, decorada ao gosto do seu amigo e, em todos os recantos, pareceu-lhe sentir a sua presença.

Descobriu, no quintal, um barracão onde estava guardada uma bicicleta, praticamente nova, com pneus todo-o-terreno, perfeitamente cheios de ar. Pegou nela e trouxe-a para a estrada que passava na frente da, agora, sua casa. Pedalou na direção do centro da localidade que tinha o curioso nome de Almofala. Não estava habituado ao exercício físico, mas, quinze ou vinte minutos depois, passava num local de comércio com um minimercado, uma frutaria, e, no seu lado direito, um estabelecimento com o curioso nome de *O Emigrante*. Era este o nome do restaurante que o Pedro havia mencionado no seu e-mail. O Diogo trouxe a bicicleta para a berma e encostou-a à parede. Em seguida, prendeu a roda traseira ao quadro com uma corrente. E entrou. A surpresa foi grande ao olhar para o seu interior, fina e ricamente decorado.

Viu uma jovem mulher na parte interior de um balcão que ficava em frente da porta de entrada, de costas viradas para si, absorta no que lhe pareceu ser a lavagem de uns copos altos e esguios de imperial que, sem interromper o que estava a fazer ou mesmo se virar para ele, lhe atirou com um *boa tarde*, acrescentando: "Pode sentar-se que o meu pai já o vai atender."

FIM

SOBRE O AUTOR

CARLOS FREDERICO, cujo nome completo é Carlos Frederico Brás Pinto, nasceu no dia 22 de março de 1961, no concelho de Moita, no distrito de Setúbal. Licenciou-se em Línguas e Literaturas Modernas, pela Faculdade de Letras da Universidade Clássica de Lisboa, em 1984. Vive na cidade de Braga e é professor aposentado do Ensino Básico. Tem dois livros publicados: *O Natal do Avô Carlos*, destinado aos mais novos, e *O Templário Lusitano* que narra uma aventura ambientada na época da Segunda Cruzada e do nascimento do Reino de Portugal. Fascinado por mitologia e pelas histórias que a envolvem, Carlos Frederico apresenta agora o seu terceiro livro, *In Manibus Mortis e Outras Histórias*.